D E A R + N O V E L

believe in you

月村 奎
Kei TSUKIMURA

ディアプラス
DEAR+
NOVEL 018
文 BUNKO 庫

新書館ディアプラス文庫

S H I N S H O K A N

believe in you

目次

イラストレーション／佐久間智代

believe in you

ビリーブ・イン・ユー

「ほら、もう帰るぞ朔矢《さくや》」

うしろから制服の襟首《えりくび》を引っ張られた拍子に、操作ボタンから手がすべった。

「てめっ、何しやがるんだよ！　もうちょっとだったのに」

市村朔矢《いちむらさくや》はぬいぐるみを封じ込めたガラスケージを悔《くや》しまぎれに一発叩き、振り向きざま三《み》島《しま》の脛《すね》に蹴《け》りを入れた。

「イテッ」

一応顔をしかめたものの、大して応《こた》えたふうでもなく、三島は小柄《こがら》な朔矢の首に腕を引っ掛け、ゲームセンターの喧騒《けんそう》を擦《す》り抜《ぬ》けて強引に仲間の元に連行していった。

「もう帰るのかよ。もうちょっと遊んでいこうよ」

朔矢の子供っぽい膨《ふく》れっ面《つら》に、飯島《いいじま》が苦笑いを浮かべた。

「遊びたいのは山々だけど、これからバイトなんだよ」

「ちぇっ。じゃ土橋《どばし》は？」

「今日はオヤジが単身赴任先《ふにんさき》から帰ってきてるから、遅くなるとヤバい」

「……三島は？」

「オレは別に予定はないけど、軍資金が尽きたから、今日のところは店じまい」

「なんだよ。つまんねー奴《やつ》らだな」

舌打ちした朔矢を、土橋が冗談半分の仕草で小突いた。

「オレらがつまんないんじゃなくて、おまえが恵まれ過ぎなんだよ」

飯島が深くうなずいた。

「そうそう。おふくろさんの再婚相手が金持ち屋サンの医者で、小遣《こづか》いもらい放題だもんなぁ」

まったくだ、と三島までもが加わってくる。

「おまけに、あんなゴーセーなマンションで一人暮らしまでさせてもらってさ。時間を気にせず遊び放題。女の子も連れ込み放題」

仲間のふざけ半分の羨望《せんぼう》に、朔矢はからからと笑い返した。

「それもこれも、オイラの人徳のなせるワザなのだよ。親の信頼が厚いからこそ、齢《よわい》十六歳で一人暮らしが許されるというわけだ」

「人徳が聞いて呆《あき》れるぜ」

「ホントホント。精神年齢小学生のくせに」

「それによ、そこらの女の子よりカワイイ面して、一人暮らしなんてキケンだぜー朔ちゃん」

軽口を叩く仲間たちに、朔矢はイーッと真珠粒のような歯を剝《む》いてみせた。

「帰りにコーラ奢《おご》ってやろうと思ってたけど、そーいうこと言うなら、やーめた」

「あ、待てよ朔矢」

「ウソウソ、朔ちゃん」

「ほら、膨れてると、折角の美人が台無しだって」

ゲームセンターを出た朔矢を、仲間たちがばらばらと追い掛けてきた。

夕闇とネオンが混在し始めた春の街を、駅まで四人でじゃれあうように駈《か》けていく。

駅前の自動販売機に、一番懐《ふところ》具合《ぐあい》のいい朔矢が四人分の硬貨を押し込んだ。

コーラ一缶を飲み干す時間だけ、またどうでもいいような馬鹿話をして、じゃあなと別れた。

一人きりになると、急に周囲の喧騒が大きくなったように思えてくる。

帰りを急ぐ車の耳障《みみざわ》りなクラクション。高架を震《ふる》わす電車の音。信号機の「とおりゃんせ」。

日暮れるとまだコートが欲しいような、春のひたひたとした空気の中で、あまりの騒々しさに朔矢はもの淋《さび》しくなった。

部屋に帰るには、まだ早すぎる時間だ。

「誰かヒマそうなヤツをつかまえるか」

明るく人懐《ひとなつ》こい朔矢は、遊び仲間のスペアにはことかかない。

早速誰か呼び出そうと、鞄《かばん》の中をごそごそ探ったが、運悪く今日に限って携帯を忘れていた。

友達の数は多いが、電話番号をそらで言えるほど深いつきあいをしている相手はいない。携帯なしでは誰にも連絡がとれない。

「……ついてねーの」

ため息をついて、朔矢は定期を自動改札に押し込んだ。

ＣＤ数本とビデオをレンタルして、朔矢は高校生の一人暮らしには少々恵まれすぎた管理人常駐のマンションに帰り着いた。

エレベーターから降りたところで、意外な人物と鉢合《はちあ》わせた。

「二階堂《にかいどう》？　こんなところで何してんの？」

驚いて問い掛けながら、何とない緊張感で肩のあたりがきゅっと強《こわ》ばった。

相手は同じクラスの二階堂周一《にかいどうしゅういち》だった。

朔矢の通う高校は私大の付属で、生徒は大雑把《おおざっぱ》に二つのタイプに分かれる。最初からエスカレーターに乗るつもりで、呑気《のんき》に高校生活を満喫《まんきつ》している一派と、ワンランク上の私大や国立を目指すため勉学に勤《いそ》しむお堅《かた》い一派。

朔矢は典型的な前者で、逆に二階堂は後者の筆頭のようなタイプだった。

そんな派閥《はばつ》の違いから、なんとなくつきあいが希薄なところにもってきて、人懐こい朔矢には珍しくどうも二階堂は苦手なタイプだった。とりつくしまのない冷たい感じの物言いや、威《い》圧感《あっかん》のある長身が、なんとなく恐いのだ。

「そっちこそ、何してるんだ」

二階堂はツーポイントのメガネを指先で押し上げながら、低い淡々とした声で訊《たず》ねてきた。

「何してるもなにも、ここに住んでるんだよ」

意味もなくびくついている心中を気取《けど》られまいと、わざとがさつに応じると、頭半分高い位置で二階堂が眉根《まゆね》を寄せた。

「……うちもこの階なんだけど」

「え？　マジ？」

朔矢は驚いて目をしばたたかせた。

四月のはじめに越してきて、かれこれ二週間ほどになるが、都会のマンションの常で同じフロアにどんな人間が住んでいるのかまったくわからない。マンションの構造自体、住人同士がなるべく顔を合わせずにすむような設計になっている。

「何号室？」

訊ねられて「６０２」と答えると、二階堂は「なるほどね」と一人納得したように呟《つぶや》いた。

なにが「なるほど」なのか訊ねようとしたところに、ぱたぱたと足音が近付いてきた。

「よかった。まだここにいたのね」

エプロンをかけた品のいい女の人は、どうやら二階堂の母親らしい。

「浩二《こうじ》ったら塾のお月謝忘れていっちゃったのよ。悪いけどついでに届けてあげて」

コウジというのは多分兄弟なのだろう。二階堂も今から塾だか予備校だかに出掛けるところらしい。

あれこれ推測する朔矢の視線に気付いてか、母親が、あら、と笑顔を向けてきた。

「お友達？」

「あ……いえ……」

「同じクラスの市村。隣に越してきた騒々しい一家は、こいつんとこらしいよ」

あまりな紹介の仕方に、朔矢は思わず顔に血の気をのぼらせた。

二階堂はメガネの奥から冷ややかに朔矢を見下ろしてきた。

「クラスで一番騒がしい奴と隣同士になるとはね」

「悪かったな。でも越してきたのは一家じゃなくてオレ一人だよ」

「まあ。一人暮らしなの？」

母親の声に我に返って、朔矢は慌《あわ》てて口調を社交モードに切り替えた。

「そうなんです。自宅からだと通学に一時間以上かかるんで、ここ借りてもらって……」

「3LDKで一人暮らしとはいい身分だな」

二階堂が冷ややかな半畳《はんじょう》を入れてきたために、朔矢は再び戦闘モードに入った。

「別にいいだろ。余計なお世話だよ」

「一人でよくもあれだけの騒音を撒《ま》き散《ち》らせるな。てっきり隣に託児所《たくじしょ》でもできたのかと思ってたけど」

どうやら、友人連中を連れ込んで騒いだときのことを当《あ》て擦《こす》られているらしい。

「そんな言い方、お友達に失礼でしょう」

人のよさそうな母親が諫《いさ》めに入ってきた。

「気にしないでね市村くん。ちっともうるさくなんてないんだから」

「俺はうるさいんだよ。俺の部屋は隣と壁一枚でくっついてるんだから」

「そんなのお互い様じゃないの。それより市村くん、一人じゃ食事なんかも大変でしょう？よかったら今度お夕飯食べにきてね。周一のお友達なら大歓迎よ」

母親は気さくに笑って戻って行った。

二人きりになると、妙にしんとしてしまう。朔矢もさっさと戻ろうときびすを返すと、

「市村」と低い声で背後から呼び止められた。

「え？」

二階堂は目線と顎先《あごさき》を動かして、朔矢が提《さ》げたレンタルビデオの袋を示した。

「それ、真夜中に非常識な音量でかけるのはやめろ。迷惑《めいわく》だ」

言うだけ言うと、あいさつもなしにエレベーターの扉《とびら》の向こうに消えていく。

「……すっげ感じワリィの」

閉まった扉に向かって、朔矢は思い切り舌を出した。


「静かにしてください」

出席番号順で無理矢理役職を押しつけられた内気なクラス委員長が、教壇《きょうだん》でかぼそい声を裏返らせた。

数人がくすくす笑いをもらしたが、大半はその声すら耳に入らない様子で、勝手気ままなことをしている。

近々行なわれる体育祭の参加種目を決めるため、放課後のＨ　Ｒ《ホームルーム》の時間をあてることになったのだが、楽な種目にばかり希望者が集中してしまい、一向に収拾がつかないのだった。

外部進学組は恰好《かっこう》の自習時間とばかりに問題集を広げたりしているし、残りの連中はポケットゲームや雑談に興じている。担任教師も教室の隅で我関せずとばかりに居眠りを決め込んでいた。

「少しは協力してやったらどうだ」

ふいと後ろの座席から、よく通る淡々とした声が言った。

土橋《どばし》が持ってきた雑誌を覗《のぞ》き込《こ》んで、グラビアの女の子たちを物色していた朔矢《さくや》は、反射的にぴくんとなって、声の主を振り返った。

二階堂《にかいどう》は腕組みをして、無表情に黒板の方を眺《なが》めていた。

二階堂の一言で、数人が問題集を閉じ、雑談していた数人が姿勢を戻した。

マンションでの一件から一週間がたっていたが、その後マンション内で二階堂と顔を合わせることはなかった。

気ままな一人暮らしをいいことに朝も夜も遅い朔矢と、いかにも規則正しい生活を送っていそうな二階堂とでは、出入りする時間帯がずれているのも当然のことだった。

教室でも二階堂は相変わらず無愛想《ぶあいそう》だったし、朔矢の方も好かれてもいない相手にあえて近付くほど物好きでもなかった。

それでも、壁一枚の距離で寝起きしている人間が同じクラスにいるのだと思うと、多少の興味をかきたてられないでもない。それでついつい、二階堂の挙動をこうして目で追ってしまったりすることが増えていた。

「そうそう、なんでもいいけど、かったるいからさっさと終わらせようぜ」

土橋がぞんざいな調子で同調した。

「なんでもいい、ね」

二階堂はすっと立ち上がると、黒板に歩み寄った。まばらに書かれた名前を黒板消しですべて消したと思ったら、教卓の出席簿を広げて番号順に名前を板書《ばんしょ》し始めた。

「ちょっと待てよ」

「なんだよ、それ」

抗議の声に、二階堂は涼しい顔で振り向いた。

「なんでもいいっていう土橋の意見を取り入れて、出席番号順に割り振るってのはどうだ」

ブーイングを無視して、二階堂は角張ったきっちりとした字で、次々と空間を埋《う》めていった。

「待て待てっ、なんでオレが持久走なんだよ？」

土橋が椅子を蹴《け》って立ち上がった。

「なんでもいいって言ったのはおまえだろう」

淡々と返されると、土橋はうっと一瞬返答に詰まった。

「そうだけど、それは言葉のアヤっていうかさー。あ、ちょっと待て、出席番号順とか言いながら、九条《くじょう》と剣持《けんもち》が入れ替わってるのはどういうわけよ？」

「心臓の悪い九条に四〇〇メートル全力疾走《しっそう》しろっていうのか？　鬼だな、おまえは」

「あ、そうか。……いや、そうだな」

さすがの土橋も今度は矛先《ほこさき》を引っ込めた。

そっけない口振りとはうらはらな二階堂の配慮《はいりょ》に、当の九条が感激した様子で「ありがとう」と礼を言った。それで教室内の抗議の色はすっかり払拭《ふっしょく》されてしまった。

そうと聞いて注意して見れば、二階堂はただ順番に名前を書《か》き連《つら》ねているようでいて、所々に微妙《びみょう》な配慮を加えているのがわかる。

板書を終えると指先のチョークを払《はら》いながら、委員長の方に視線を送った。

「選手登録の締切《しめきり》っていつだっけ？」

「あさって」

「じゃ、あとは個人の話し合いで勝手にトレードして、あさってまでに委員長に申告するってことにすれば？」

二階堂が言うと、教室内から同意の拍手がパラパラと起こった。

「助かったよ」

「もうちょっと毅然《きぜん》と仕切れよ」

礼を言う委員長にそっけなく返し、席に戻る途中で二階堂は居眠り教師の椅子を蹴飛ばした。

「職員会議に遅刻しますよ」

まるで部下でも断罪するような口調で言い捨てる。

一部始終を目で追いながら、なんだかなぁと朔矢はため息をついた。

朔矢は生来の甘え上手と愛想《あいそ》のよさとで、級友にも教師にも可愛《かわい》がられるタイプだが、そんな自分の八方美人な性格に時々嫌気がさすことがある。要するに自分は、人から嫌われることを極度に恐れるあまり、愛想を振《ふ》り撒《ま》いているだけなのだという気がしてしまう。

その点、二階堂は朔矢とは正反対のタイプだった。辛辣《しんらつ》なのはなにも朔矢に対してだけではなく、クラスメイトはもちろん、相手が上級生や教師であっても、思ったことをはっきり口にする。

普通に考えたら随分《ずいぶん》つきあいにくい手合いだと思うのだが、朔矢が愛想のよさで可愛がられるのと対照的に、二階堂はその愛想の悪さで周囲の信頼を勝ち得ているのだった。

「さすがに切れ者の二階堂だよな。仕切りがうまいうまい」

「しかも無愛想に見えて、面倒見《めんどうみ》がいいんだよな。九条のこととかさ。ああいうところが、モテるんだろうな」

土橋と三島《みしま》がそんなことを言い合っているのを聞きながら、朔矢は無意識に二階堂を目で追っていた。廊下の窓越しに、二階堂は隣のクラスの女の子と何やら話し込んでいた。

無愛想とはいうけれど、終始仏頂面《ぶっちょうづら》というわけではない。友人はかなり多いし、気の合う仲間と喋《しゃべ》っている時には、気さくな笑顔を見せることも、ここ一週間ほどで見知ったことだ。

今も女の子がなにか面白《おもしろ》いことでも言ったのか、二階堂は口の端を引き上げてにやりと笑った。ちょうどメガネを外していて、その自然な笑顔は随分と魅力的に見えた。

「おい、朔矢ってば」

がなりたてる土橋の声に、朔矢はふいと我に返った。

「……あ？　何？」

「何じゃねえよ。さっきから何度も呼んでるのに、ぼーっとしちゃってよ。いったい何を眺めてたわけ？」

朔矢の視線の先を追って、土橋はにやりとした。

「へー。加藤美和《かとうみわ》か。朔ちゃん好きだよなぁ、ああいうスレンダーなタイプ」

メガネを外した二階堂の表情が物珍しくて観察していただけだったのだが、土橋は勝手に誤解して「細い割にはムネでかいよな」などと下世話なコメントを付け加えてくる。

ひそひそ話が聞こえでもしたのか、二階堂がふいとこちらに視線をよこした。何やら悪事を見咎《みとが》められたような気分で、朔矢は不必要なまでのそっけなさで目を逸《そ》らした。

「何か用だった？」

「ああ、あのさ、飯島《いいじま》んとこの兄貴が、今日大学のコンパあってさ、メンツ足りないからオレらも潜入させてくれるっていうんだ。もちろん行くだろ？」

「悪い、今日はパス」

「えー。何だよ。いつもなら真っ先に行きたがるやつが」

「それがさ、今日、ハハオヤが来るんだ。一応、部屋にいて品行方正ぶりをアピールしとかないとヤバいじゃん？」

「なるほど。それじゃ仕方ないな」

「うざってー。オヤなんかより女子大生のオネーサンと遊びてーよ」

体裁上《ていさいじょう》残念がってみせながら、内心では土曜の午後に母親が冷蔵庫を満たしにやってくるのを、年甲斐《としがい》もなく楽しみにしている朔矢だった。今日は妹の理佳《りか》も一緒だと言っていた。自分の方からは帰ることができない朔矢にとって、七つ違いの小さな妹に会うのは、引っ越し以来一月ぶりのことだった。


『朔ちゃん？　ちょっと理佳が熱を出しちゃって、今日は行けなくなっちゃったの』

いそいそと帰宅した朔矢を待っていたのは母親からのそんな留守電だった。

朔矢はがっかりして、制服の上着を床に放り出した。

『それでね、用意しておいたおかずやなんかは、お父さんが届けてくださることになったの。お父さんには一人暮らしのことでも散々わがまま言って迷惑《めいわく》かけてるんだから、きちんとお礼を言わなきゃだめよ』

がっかりから一転して、朔矢はぎょっと立ち上がった。

「冗談じゃない」

制服のかわりに大慌《おおあわ》てで綿のニットを被《かぶ》り、鞄《かばん》の中から財布と鍵《かぎ》と携帯を摑《つか》み出《だ》してポケットに突っ込む。

机の上の灰皿とビールの空缶《あきかん》を流しの下に押し込んで、脱いだばかりの靴《くつ》にがさがさと足を突っ込んだ。

とにかく義父が来る前に逃げ出そうと、ドアに手をかけたとたん、ドアホンが鳴った。心臓が喉《のど》から飛び出しそうになる。

居留守を使おうかとも思ったが、合鍵を持っている相手に通用するわけもない。

朔矢は大きく息を吐《は》いて、アームロックを外した。

「こんにちは。元気そうだね」

義父は、自分の寛容ぶりをアピールするように口元に笑みさえ浮かべてみせた。

目を合わせると息が詰まりそうで、朔矢は相手のネクタイの結び目のあたりに視線をさまよわせた。

世馴れぬ高校生の目から見ても高級と知れるやわらかい風合いのスーツからは、かすかに病院の静謐《せいひつ》な消毒薬の匂《にお》いがした。

「あ、どうぞ」

緊張しながら、他人行儀に中に促《うなが》すと、義父は「いや」と右手を軽くあげた。

「久しぶりに会ったのに申《もう》し訳《わけ》ないけど、このあと医師会の集まりがあってね。ゆっくりできないんだ。きみも出掛けるところだったんだろう?」

きちんと靴ひもを結んだ朔矢の足元を見て訊《たず》ねてくる。朔矢は曖昧《あいまい》に頷《うなず》いた。

「これ、おかあさんからの届けものだ」

「すみません」

母親の気遣《きづか》いがあれこれ詰まった紙袋を受け取った拍子に、指先がかすかに触れあった。義父はやや不自然に手を引いた。いわれのない屈辱《くつじょく》で耳にじわりと血の気がのぼった。

「何か不自由なことはない?」

義父は自分の失態を繕《つくろ》おうとでもするように、やさしい声を出した。

「……いえ」

「何か困ったことがあったら、いつでも言いなさい。父親として、相談に乗るから」

あえて「父親」と念押しするところに、本当は親子を名乗るのも厭《いと》わしいという心中がにじみ出ているように思えた。

手短に用件を済ませて帰りかけ、義父は半開きのドアの前で足を止めた。

「勇一《ゆういち》はどうやら平常心を取り戻したようでね、成績も持ちなおしてきた。だからきみももうあのことは気にしなくていい」

なんとも答えようがなくて、朔矢はただ小さく「はい」とだけ言った。

「ただ、この一年は受験の大事な時期だからね。またおかしなことになって、不安定になっても困る。できれば、なるべくうちの方には顔を出さないで欲しいんだ。お母さんには私から適当に言っておくから」

耳の奥がぎゅっとつまるように痛んだ。何一つ悪いことはしていないのに、家を出されて、自由に帰ることも許されない。

それでも朔矢は、ただ黙って頷いた。

ドアの向こうに義父が消えると、急に身体中の力が抜けた。出掛ける気力も失《う》せて、靴を脱いで、ダイニングに戻った。

一人きりの部屋は、すかすかして淋《さび》しかった。いつもの癖《くせ》でコンポとテレビと両方のスイッチを入れる。スピーカーから溢《あふ》れだす音楽と人の声に身を浸《ひた》すと、やっと少しほっとする。

朔矢は膝《ひざ》を抱《かか》えて、ソファの上で丸くなった。

母親が再婚したのはちょうど一年前のことだった。

相手は、保険の外交をしていた母親の、担当先の医師だった。

義父には、朔矢よりひとつ年上の勇一という息子がいた。父親の明晰《めいせき》な頭脳を受け継いで、都内でも屈指《くっし》の進学校に通う兄は、たった一学年の差とは思えないほど大人びていた。姿勢のいい長身や、メガネが似合うストイックな面差しは、どこかあの二階堂と似たところがある。

義兄との間に歪《ゆが》みが生じ始めたのは、再婚から半年たって、ようやく家族が打ち解けた頃だった。

二学期の期末で二科目ほど赤点をとってしまった朔矢を、勇一が週に何度か自分の部屋に呼んで勉強を見てくれるようになった。

真面目《まじめ》で口数の少ない義兄は、ちゃらんぽらんで騒々しい自分を疎《うと》ましく思っているのではないかと、時々気にしていた朔矢は、その親切を心底嬉《うれ》しいと思った。だから気持ちのまま、純粋に身内として甘えた。その甘えを逆手に取られ、自分が性的な欲求の捌《は》け口《ぐち》にされるなど、思いもしないことだった。

大人っぽいとばかり思っていた勇一も、それなりの悩みや葛藤《かっとう》を抱えていたのだ。父親の過度の期待に対する息苦しさ。なまじ優秀過ぎるために、なんでもできて当たり前で、できなかった時に「なぜ？」と責められる、そんな生活を幼い頃から強《し》いられてきた。優秀であるがゆえに常に先頭を走らなければならないプレッシャーで、本人も気付かぬうちに鬱屈《うっくつ》が蓄積されていったようだった。

抑圧《よくあつ》された感情を性欲という形に歪め、勇一はその捌け口を朔矢に求めてきた。

暴行と呼ぶほどのことではなく、マスターベーションに毛の生えた程度の接触《せっしょく》を強要されるだけのことだったが、初めて身体に触《さわ》られたときのぞっとする恐怖と後ろ暗い嫌悪感は、今もリアルに覚えている。

あの時に誰かに打ち明けていれば、ただの被害者で済んでいたに違いない。けれど誰にも言えなかった。ことがことだけに言い出しにくかったということもあるし、なによりせっかくうまくいっている新しい家庭に、波風を起こしたくなかった。義兄の行為が、好奇心や嫌がらせではなく、精神的な鬱屈からきていることも、告発をためらわせた。

誰にも相談できないまま数ヵ月を堪《た》え忍《しの》んだのち、解放はある日突然やってきた。兄のベッドの上で、一方的な行為を強《し》いられているその現場を、義父に見られてしまったのだ。

驚愕《きょうがく》し、ことの真相を問いただす父親に、勇一は『朔矢に誘惑された』と訴《うった》えた。

義兄の言い分は、これまでに強いられてきた行為以上に朔矢を傷つけた。

そうじゃない、まったく逆なのだと言い返したかったが、無抵抗に身をさらしているところを目撃されたあとで、何を言っても信じてもらえそうになかった。その頃の朔矢は、下手に抵抗して両親に気付かれるのを恐れて、嵐が通り過ぎるのを待つようにいつもただじっと勇一の行為を堪え忍んでいた。

結局、義父は勇一の言い分を全面的に信じたようだった。それは当然のことだった。成績優秀、品行方正で、今まで何一つ問題を起こしたことのない実子と、毎日友達と遊び歩いては赤点を取っている茶色い髪の義理の子と、どちらを信じるかなど、迷いようがない。

数日後、朔矢は義父の部屋に呼ばれた。

『通学に一時間もかかるのは大変だろう？　朔矢くんさえよければ、学校の近くにマンションを借りてあげるよ』

婉曲《えんきょく》に、出ていけとほのめかされたのだった。

紳士的な態度の裏で、義父が自分に嫌悪感を抱《いだ》いていることは、ひしひしとわかった。被害者だったはずの自分が、いつのまにか薄汚《うすぎたな》い加害者にすり替えられてしまっていた。

義父が勇一の言い分を信じたように、母親だったら自分の言うことを信じてくれただろうか？　自問して、朔矢は暗澹《あんたん》たる気分になった。信じてもらえても、もらえなくても、五年前の二の舞になることは目に見えていた。

何も知らない母親に、こんな話をしたくはなかった。話せば、母は義父以上に感情的になるだろう。やっと馴染んできた新しい家族に大きな亀裂《きれつ》を入れるきっかけになど、死んでもなりたくない。

五年前の離婚に伴《ともな》う母親の傷心と、その後の苦労を、朔矢は痛いほどわかっていた。今の生活を母がどれほど大切に思っているかも。小さな妹も、新しい父親と義兄をとても慕《した》っていた。母や妹を悲しませたくなかった。そしてなにより、そのことで自分自身が傷つくのが恐かった。

結局、朔矢は義父の提案に従った。母親の前では、朔矢のわがままを義父が容認するという体裁をとって、一人暮らしなどまだ早いと心配する母を、義父がうまく説《と》き伏《ふ》せた。

傷つくまいと、朔矢は懸命に自分をコントロールした。なるべく、物事のいい面だけを考えることにした。どんななりゆきであっても、あの義兄のいる家を出られるのはありがたいことだ。一人暮らしは気ままだし、義父が作ってくれたカードで小遣いは遣い放題だ。携帯で何時間話そうが、煙草《たばこ》を吸おうが、母親に口うるさくたしなめられることもない。

ソファにうずくまってそんなことをぼんやりと考えているうちに、いつのまにか眠ってしまったらしい。目を覚ますと、部屋の中は真っ暗だった。

明かりをつけようとドアまで行くと、テレビとCDの騒音に紛《まぎ》れて、かすかにドアホンの音がした。

アームロックをかけたままそろそろとドアを開けると、仏頂面《ぶっちょうづら》の二階堂が立っていた。

「いるならさっさと出ろよ。何回鳴らしたと思ってるんだ」

「あ…ごめん。ボリューム絞《しぼ》るから」

相手の不機嫌な声にこの前の話を思い出した。てっきり騒音に文句を言いにきたのだと思って、ぞんざいに謝ってドアを閉めようとすると、隙間《すきま》に靴先が押し込まれた。

「メシは？」

「……え？」

中途半端な昼寝から覚めきらない頭には、二階堂の質問の意味がよくつかめない。

「夕飯まだなら誘《さそ》えって。母親からの伝言」

無愛想に言うだけ言うと、返事も待たずにさっさときびすを返した。

二階堂の家は朔矢の部屋とまったく同じ間取りだったが、雑多な生活用品に彩《いろど》られた室内は、まるきり別の空間に見えた。

「……家族の人は？」

誘ってくれたという母親を含《ふく》めて、家の中にはほかの人間の気配がない。

「両親は弟をつれてなんとかいうミュージカルを観に行った。食事の支度は何人分でも同じ手間だから、市村《いちむら》を呼べって伝言残してな」

「家族で夜の観劇なんておしゃれだね」

「オシャレが聞いて呆《あき》れる。納豆《なっとう》のバーコードを三枚送って当たったチケットだぜ」

生真面目な口調で言われて、朔矢は思わず吹き出した。鍋《なべ》をあたためていた二階堂が、訝《いぶか》しげな顔で振り返った。

朔矢は笑いを引っ込めて、「なんだよ」と視線の意味を問《と》い質《ただ》した。

「いや、おまえさ、いつも俺に向かってケンカ売りそうな顔してるだろう」

「そうか？」

「そうだよ。だから、面と向かって笑ってるとこ、初めて見た」

「それは…だってそっちこそ、オレのこと嫌ってるじゃん」

「なんだ、それは」

「…オレの部屋の騒音がどうとかこうとか、ブイブイ怒ってただろう」

二階堂は呆れたように眉《まゆ》を小さく動かした。

「相手が身内だろうが総理大臣だろうが、うるさきゃうるさいって言うさ。そんなの好き嫌いと関係ないだろう」

「そうかぁ？　あんな言い方されたら、普通嫌われてると思うけど」

「それならむしろ、嫌いなヤツを家にあげてメシを食わせる方が普通じゃないだろう」

反語っぽい言い回しを頭の中で引っ繰り返して、朔矢はいたずらをしかけるようににやりと笑ってみせた。

「それじゃオレのこと好きなんだ？」

二階堂はカレーをよそう手を止めて、メガネごしにストイックな流し目をよこした。

「好きだと言って欲しいのか？」

抑揚《よくよう》のない低い声で逆に問い返されて、朔矢はわけもなくうろたえた。そんな朔矢を見て、二階堂は勝《か》ち誇《ほこ》ったように鼻先で笑った。何の勝負かわからないけれど、今のは明らかに自分

の負けだと、意味もなく悔《くや》しくなる。

「突っ立ってないで適当に座れ」

荒っぽく皿を並べて、二階堂はダイニングの椅子の上から、弟のものらしいノートとペンケースをどけた。

「なあ、テレビつけてもいい?」

せがむように訊ねると、二階堂は眉間《みけん》に皺《しわ》を寄せた。

「別にいいけど、ばかでかいボリュームはやめろよ」

一応の許可を得て、リモコンのスイッチを入れる。特に見たい番組があるわけではないが、一人暮らしを始めてからテレビの音がしていないと落ち着かなくなってしまった。

「んーっ、すげーうまい」

カレーを一口食べて、お世辞でもなんでもなく朔矢は思わず感嘆《かんたん》した。二階堂はひょいと肩を竦《すく》めた。

「市販のルーを使わないのが自慢らしいぜ」

「すごい。マジおいしい。今度お母さんに会ったらお礼言わなくちゃ」

「あんまりおだてるなよ。あの人はすぐ調子にのるから。ちょっと褒《ほ》めると、同じメニューが三日おきにめぐってくる」

「このカレーだったら、毎日だっていいよ」

手のこんだカレーと、茹《ゆ》でた野菜をゼリーで固めた冷たいサラダは、本当においしかった。

スプーンを操りながら、朔矢はチラチラと向かいの端整な顔を盗み見た。学校では口もきいたことがないような疎遠なクラスメイトの家にあがりこんで、夕食をご馳走《ちそう》になっているというのも、考えてみれば随分滑稽《こっけい》な話だ。

「コーヒーと日本茶、どっちがいい？」

朔矢がすっかり満足してスプーンを置くと、二階堂がヤカンをコンロにかけながら訊ねてきた。

「ええと……どっちでもいい」

「どっちでもいいとか、なんでもいいとか言うヤツが一番嫌いなんだよ。どっちかはっきりしろ」

「……やっぱり嫌いなんじゃないか」

「なに？」

「なんでもないよ。じゃ、コーヒー」

「最初からそう言え」

憎《にく》まれ口《ぐち》を叩きながら二階堂はテーブルに戻り、やおら朔矢の方に身を乗り出してきた。

朔矢は反射的に竦み上がった。

「……何ビビッてんだよ」

朔矢の背後の棚《たな》からコーヒーの缶を取りながら、二階堂が怪訝《けげん》そうな顔をした。

不自然な自分の動転ぶりに赤面しながら、朔矢は本当のことを冗談にすり替えて言った。

「いきなりガバッとくるから、押し倒されるかと思ったんだよ」

二階堂は砂でも吐きそうな表情になった。

「頼まれたってごめんだよ。気持ち悪い冗談はやめろ」

「ケッ。いまどき、男の一人も押し倒せないなんて、時代にノレてないんじゃないの？」

にやにやとへらず口を叩いてみせながら、朔矢はじわりと傷ついた。その「気持ち悪い」ことを本当にされた経験があるのだと言ったら、二階堂はどんな顔をするだろうか。

義父が時々ふと垣間見《かいまみ》せる、あの嫌悪と侮蔑《ぶべつ》の色が脳裏をよぎった。指先が触れるのも汚《けが》らわしいと言いたげなその表情を思い出すと、頭の芯がざわざわと冷たくなる。

二階堂は朔矢のごたくなどさっさと受け流して、ヤカンが沸騰《ふっとう》するのを待ちながら皿を洗っている。朔矢は椅子の上に膝を畳《たた》み込《こ》んで、しばらくぼんやりと、その大きな背中を眺めていた。

蛇口《じゃぐち》からほとばしる湯の音と、食器のぶつかり合う音を聞いていると、不思議に気持ちが和《なご》んでくる。部屋の中に自分以外の人間がいることの安心感に、朔矢は陶然《とうぜん》となった。

それは、たくさんの友達を部屋に呼んで大騒ぎをしているときにも、得られない類《たぐい》の安らぎだった。何人の仲間が集まったところで、それはあくまで非日常の「客」でしかない。朔矢を和ませるのは、この部屋の日常と生活の気配だった。

冷蔵庫にマグネットで留められた雑多なメモ。椅子の背もたれに無造作にかけられたエプロン。弟のノート。自分がかけたのではないヤカンが、コンロの上で沸《わ》き立《た》っている音。目に入るすべてのものから、あたたかい生活の匂いがした。

部屋に帰りたくない。

衝動《しょうどう》のような感情が、不意に胸にしみだしてくる。

自分で鍵を開けて、自分で明かりをつけて、自分でテレビのスイッチをいれ、自分でヤカンを満たす。——そうしなければ死体のように冷たく暗く閉ざしたきりの自分の部屋を、ぞっとするほど恐いと思った。

ふわりとコーヒーの芳香《ほうこう》が漂《ただよ》ってくる。自分以外の誰かがいれるコーヒーの匂いに、ぎゅっと胸がしめつけられた。

「……市村？」

探るような、低い声。反射的に顔をあげると、何かがぱたりとテーブルの上に落ちた。

「どうした？」

湯気の立ったカップを手にしたまま、二階堂はメガネの奥の目を軽く見開いた。

テーブルクロスに染みたものの正体が自分の涙だと気付いたとたん、カッと頰《ほお》が熱くなった。

朔矢は慌てて手のひらで顔を押さえた。

「なんでもない。全然、なんでも……」

「なんでもなくないだろう」

「あ……テレビ、そう、テレビが、」

自分でもわけのわからない感情の昂《たか》ぶりをなんとかごまかそうと、しどろもどろになりながらテレビを指差す。

幸か不幸か流れていたのは離島を舞台にした集団見合いのドキュメンタリー番組だった。順番に告白していくクライマックスシーンで、意中の相手に交際を申し込まれた女の子が、しゃがみこんで泣き崩れている。

一瞬の間合いのあと、二階堂は珍しく相好《そうごう》を崩《くず》して笑いだした。

「これ見て泣くか、普通」

「……うるさいな。いいだろ別に」

こんな番組で泣いたと思われるのは一生の恥《はじ》だが、理由もなく泣きだすような情緒不安定な奴と思われるよりは、幾分かましというものだ。

きまり悪く視線を伏せて、熱っぽい目をしばたたきながら前髪をいじっていると、テーブルの上にポンとティッシュの箱が置かれた。

「嫁来い農村で泣く奴って初めて見たけどさ、ドラえもん見て泣いたことならあるぜ。園児の頃だけど」

小馬鹿にしたような口調を装いながら、相手が自分の気まずさを冗談に紛《まぎ》らしてフォローしようとしてくれていることはよくわかった。

いいやつじゃんか、とどこか悔しい気分になりながら、朔矢は腫《は》れぼったい目で横柄《おうへい》に「バーカ」と笑って見せた。

遊び疲れた頭のなかに、カラオケボックスの大きな音がまだ反響していた。

薄ら明るいマンションのエントランスで腕時計に目を落とすと、十一時を回っている。

帰宅時間が深夜に及ぶのは、朔矢《さくや》にとっては日常茶飯事《さはんじ》だった。一人きりの部屋に帰る時間は、遅ければ遅いほどいい。

白々としたアルミニウムの郵便受けからチラシとダイレクトメールを摑《つか》み出《だ》して部屋に帰る時が、一日で一番いやな時間だった。

部屋に戻ると窓を開けてこもった空気を追い出し、すぐにテレビやCDのスイッチを入れる。友達とはしゃいだ喧騒《けんそう》の余韻《よいん》がまだ身体の端に引っ掛かっている。すかすかした自分の部屋の空気に慣れるまで、いつも少し時間がかかる。

朔矢はテーブルに腰を引っ掛けて煙草《たばこ》に火をつけ、郵便物を選《よ》り分《わ》けた。五通のうち四通はダイレクトメールで、残りの一通は電話料金の明細《めいさい》だった。

案の定、通話料は結構な金額になっている。

どうせ自分で払うわけではないのだから、金銭的なことを気に病む必要もない。けれど多額の電話料金や、テーブルの上の灰皿にひねり込まれた吸《す》い殻《がら》の数を数えるとき、朔矢には自分が少しずつダメになっていく音が聞こえるような気がするのだった。

電話も煙草も、それ自体を悪徳だとは思わない。けれど楽しみのためではなく、逃避《とうひ》やごまかしの手段として依存しているのはよくないことだと自分でもわかる。蝕《むしば》まれていると思う。

いやな気分と一緒に郵便物をごみ箱に放りこみかけて、朔矢は手を止めた。ダイレクトメールのうちの二通は、二階堂家宛《にかいどうけあて》のものだった。配達員がポストをひとつ間違えたらしい。

宛名の名前に触発《しょくはつ》されて、朔矢は二階堂の怜悧《れいり》な顔を思い浮かべた。

数日前、義父の来訪で惨《みじ》めな気分になっていたところに、タイミングよく二階堂が食事を誘《さそ》いにきてくれたことは、朔矢の気持ちに微妙《びみょう》な影響を与えていた。

ひどく淋《さび》しく人恋しい気分のときにほどこされる親切は、それがほんのささやかなことであっても、何倍にも大きく感じられる。しかも第一印象が悪い相手だっただけに、余計に好感度が高かった。

二階堂の家で食べたカレーの味や、交わした些細《ささい》な会話、ダイニングに満ちていたあたたかい生活の匂《にお》いなどを時々こっそり思い出して、朔矢はふわふわとはかない幸福感に浸《ひた》った。そしてそんな自分の女々《めめ》しさを疎《うと》ましく思った。

プライドの高い朔矢は、自分の心の空洞や脆《もろ》さを誰にも知られたくなかった。友人連中にも、二階堂にも、明るくて調子がいいだけの単純な奴《やつ》だと思われていたかった。

『母親が、またいつでもメシ食いに来いってさ』

今日、教室で二階堂があいさつ代わりにそんなふうに言ってくれたとき、その珍しい親切が嬉《うれ》しくて架空《かくう》の尻尾《しっぽ》をちぎれるほど振りながらも、

『オレ、いつも帰り遅いから』

曖昧《あいまい》な表現で断ってしまった。

またあのあたたかな部屋を覗《のぞ》きたいと強く思う。その一方で、幸福感にひたったあとに反動で淋しさが増すのが恐かった。手に入らないものは、見ないほうがいい。

実際、二階堂にした言《い》い訳《わけ》は嘘《うそ》ではなかった。朔矢は放課後も休日も友達を渡り歩いては、こうして夜遅くまで遊び歩く生活を続けていた。

ふいとドアホンの音が、朔矢を物思いから引き戻した。

窓を開け放しにしていたことに気付いて、朔矢は慌《あわ》ててテレビとコンポのボリュームを絞《しぼ》った。

テーブルの上の配達間違いの郵便物を持って玄関のドアを開けると、薄闇の中にうっそりと長身の影が立っていた。

「悪かったよ。静かにするから――」

例によって二階堂が騒音の苦情を言いにきたのだとばかり思い込んで、先回りの謝罪《しゃざい》を口にしながら、朔矢はぎくりと凍り付いた。

背格好と、闇《やみ》に光るメガネ。ディテイルはよく似ていたが、二階堂ではなかった。

「ずいぶん帰りが遅いんだな。そこのマックで、部屋に明かりがつくのをずっと待ってたんだ」

一ヵ月ぶりに聞く義兄の声に、肌《はだ》がざわざわと粟立《あわだ》った。

「あがってもいいか?」

「……時間、遅いから……」

混乱しながら、朔矢は婉曲《えんきょく》な拒絶を口にした。

「少しでいいから、話、したいんだ」

「……オレならともかく、真面目《まじめ》な勇一《ゆういち》さんがこんな時間まで帰らなかったら、義父《とう》さんたち心配するよ」

「どの面《つら》下げて会いにきたって思ってるんだろう?」

「……義父さんに怒られる。勇一さんに会うなって言われてる」

義父に言われるまでもなく、朔矢自身顔を合わせたくなかった。

「朔矢」

ドアノブにかけた手に、湿った冷たい手が重なってきた。背筋をぞっと悪寒が這《は》いのぼる。

一瞬の緊張を、エレベーターの停止する音が断ち切った。朔矢は大きく息をついて、静かに義兄の手を外した。こんなところで揉《も》めているのを、他人に見られたくはなかった。

「……散らかってるけど」

低く呟《つぶや》いて、仕方なく義兄を部屋に入れた。

「食事とか、ちゃんとしてるのか？」

家を出る直接の原因を作った人間に、心配されるようなことではない。そう思った朔矢の心中を察したように、勇一は肩で息をついた。

「……悪かったと思ってる」

ピンと背筋をのばした勇一の姿は、やはりどこか二階堂と似ている。頭のてっぺんから爪《つめ》の先まで、理知的で育ちのよさそうな匂いがする。

「何度か、父さんと義母《かあ》さんに本当のことを言おうと思ったんだけど――」

「やめてよ！」

朔矢はぎょっとして声を荒げた。波風を立てたくないから、黙って家を出たのだ。今更《いまさら》そんなことをされても、迷惑《めいわく》以外のなにものでもない。

「悪かったって思うなら、これ以上騒ぎを大きくしないでよ」

「朔矢……」

「オレは気ままに一人暮らしさせてもらってるし、別に今の生活になんの不満もないんだ。勇一さんのしたことは全部忘れるから、勇一さんも忘れて、受験勉強頑張《がんば》って。もうこんなところに来ないでよ」

「……忘れたいことか？」

「え？」

「俺にされたことは、忘れたいこと？」

相手の問い掛けに、驚きと腹立ちが半《なか》ばした。

理不尽な暴行を受けたことなど、誰だって忘れたいに決まっている。

朔矢の表情を見て、勇一は自嘲《じちょうてき》的に笑った。

「……ごめん。当たり前だよな、あんなの。…最初は完全な八つ当たりだった。おまえのこと、羨《うらや》ましくて……」

「……羨ましい？」

「ああ。いつも親父の顔色ばかり窺《うかが》ってる俺と違って、おまえはのびのび好き勝手なことしてる。明るくて、何の悩みもなさそうで、羨ましかった」

みかけの性格など、半分ははったりだ。表に見せているほどには、朔矢は明るくものびのびもしていない。

「……自分でもなんであんなことしたのかわからない。……多分、最初は鬱憤晴《うっぷんば》らしだったと思う。朔矢を見てると落ち着かなくなって、傷つけてやりたいと思った」

「…………」

「無条件で人から好かれる朔矢が、嫉《ねた》ましかった」

「そんなの、ぜんぜん見当違いだよ。オレなんかより勇一さんの方がずっとみんなから信頼されてるじゃないか。義父さんだって、勇一さんの言ったこと信じた。オレの言い分なんて聞こうともしなかった」

家を出るきっかけになったときのことを、半ば皮肉をこめて言った。

勇一は小さく首を振った。

「親父のそういう盲目的《もうもくてき》な信用が、俺には重いんだよ。当然のように、俺があとを継ぐと思ってる。……俺は俺で、なんとかその信用に応えたい、認めてほしいって思ってる」

「…………」

「それが時々、耐えられなくなる。俺がしくじっても、親父は絶対声を荒げたり責めたりしない。でも表情で落胆《らくたん》とか失望とか、全部わかるんだよ。その息苦しさがたまらないんだ。それでなんとか親父の意に添うようにって顔色窺ってる自分が、たまらなくイヤになる」

そんなふうに弱さを曝《さら》け出《だ》されても、朔矢にはどうしようもない。けれど、義兄の気持ちはわからなくはなかった。

義父の持つ、無言の圧力はなんとなく理解できる。勇一を唆《そそのか》したことになっている朔矢に対しても、決して声を荒げたりせず、紳士的なスタンスで接してくる。けれど、その穏やかな言葉や態度の裏に潜《ひそ》む本音に、朔矢は傷つけられていた。

義父に対してだけではなく、母親に対する自分自身の感情もあいまって、勇一の気持ちはよくわかる。

ふと、勇一が間合いを詰めてきた。

「だけど、そんな八つ当たりだけじゃなかったってわかったんだ。この一ヵ月、離れててよくわかった」

不穏な気配を感じて、朔矢は一歩後退《あとずさ》った。

「朔矢……」

思い詰めたように名前を呼びながら、勇一が肩に触れてきた。朔矢は無言でその手を振り払った。

まるで何かに取《と》り憑《つ》かれたように、勇一は執拗《しつよう》に手をのばしてくる。

じりじりと後退して、ダイニングからリビングまで追い詰められた。

一度声をあげてしまったらパニックに陥《おちい》りそうで、却《かえ》って悲鳴をあげられない。テレビとCDの音に、無言でもみあう気配と息遣《いきづか》いが入り交じる。

「…………!」

コンポのリモコンに足をとられた隙《すき》に、上背《うわぜい》のある勇一の身体がのしかかってきた。

「やめ……っ」

壁に押しつけられ、後頭部に鈍《にぶ》い痛みが走った。朦朧《もうろう》としているうちに、強引に唇を合わせられる。顔を背《そむ》けると歯が当たって、口の中に金属的な味が広がった。

もみ合ううちにずるずると身体が壁を滑《すべ》り、床に仰向《あおむ》けに押さえ付けられた。

「朔矢、朔矢……」

弾《はず》む息で譫言《うわごと》のように名前を呼びながら、荒れ狂う手が着衣をはぎ取ろうとする。ひどく暴れたために、却ってシャツが複雑なかたちで両腕に絡み付き、朔矢の抵抗を封じていった。

「やめろよっ！　……離せ！」

「朔矢だって本当は、俺のこと嫌いじゃないよな？　俺に何されたって、抵抗なんかしなかったたろ？」

「…………」

「俺のこと好きだから、本当のこと言わずに、庇《かば》ってくれたんだろ？」

手前勝手な勘違いに、はらわたが煮え繰り返りそうだったが、一方では義兄の醜悪《しゅうあく》なまでの思い詰め方に恐怖と哀《あわ》れみも感じた。

こんな一方的で身勝手な衝動は、朔矢にとってはもちろん、勇一自身にとっても愛情などである筈《はず》がなかった。勇一は自分の内の混乱を無意識のうちになにか理由のあるものにすり替えようとしているだけなのだ。

心が病んでいることを自分で認められなくて、周囲の誰も認めようとしなくて……。無意識のうちに、朔矢のなかに同じ病の匂いを嗅《か》ぎとって、捌《は》け口《ぐち》にしているだけだ。

勇一の手が、ベルトにかかる。もがいて暴れると、足先がコンポの音量調節のつまみにぶつかって、明るい曲が場違いなボリュームで流れ始めた。

はだけられた下肢《かし》に割り込んできた指先が、強引に身体のなかに侵入してくる。

「……っ！　やだ！」

声を押し殺す努力を放棄《ほうき》して、朔矢は悲鳴をあげた。ＣＤのあまりの音量に、悲鳴は自分の耳にさえ聞き取れなかった。

固い床にごりごりと背を押しつけられて、関節が砕《くだ》けそうに痛む。

「なんで抵抗するの？　前は黙って触《さわ》らせたじゃないか」

責める口調に、朔矢はカッとなった。

「騒いだら、義父さんや母さんに知られる。だから我慢してたんだよ！　離せよ！」

勇一の顔が、かすかに歪《ゆが》んだ。

「……拒《こば》むつもりなら、俺はまた父さんに言うよ。今度は義母《かあ》さんでもいい。朔矢に誘惑《ゆうわく》されたって」

「…………」

言えばいい、今度はこっちだって本当のことを言ってやる。そう言いたかったが、言えなかった。母親には、絶対に知られたくなかった。

「前みたいにおとなしくしてれば、ひどいことなんてしないよ。気持ち良くしてやるから……」

おもねるように首筋をはいまわる唇や、穿《うが》たれた指の動きを、気持ちいいなどとはまったく思えなかった。嫌悪感で、胃が縮《ちぢ》こまり、せりあがってくる。

こんな行為を強要する義兄も、拒みきれない自分の脆弱《ぜいじゃく》さも、どちらもぞっとするほどに不快だった。唇がわななき、熱いものが目尻を伝った。

不意に、ぼやけた視界を何かがよぎった。勇一の頭にあたって床に落ちたのは、見慣れないサンダルだった。

のしかかっていた体重が急に退く。

半開きになっていたベランダ側の窓から、長身の影が飛び込んできた。

がつっと鈍い音がして、勇一の身体が壁ぎわにふっとんだ。

「二階堂……」

呟きは、ほとんど声にはならなかった。

よろよろと起き上がった勇一の襟元《えりもと》を、二階堂がつかみあげる。

着衣が乱れた自分の不様ななりに気付いて、朔矢は引きずるように身を起こした。膝《ひざ》に力が入らなかった。シャツで両手を拘束《こうそく》されてバランスがとれず、椅子をなぎ倒して、引っ繰り返ってしまう。

派手な転倒音に、二階堂が振り向いた。

注意がそれたすきに、勇一は二階堂の手を振り払い、飛び出していった。

「野郎——」

「二階堂！」

何か叫びかけた二階堂を、朔矢は震える声で遮《さえぎ》った。

「いいんだ。頼むから、騒ぎにしないで」

二階堂は目を見開いた。

「そんな目にあって、何を犯罪者庇《かば》ってるんだよ」

「身内なんだ。だから……」

「身内？」

「……兄なんだ」

二階堂がぎょっとしたような顔になる。

打ち付けた痛みに顔をしかめて、朔矢が不自由な身体を起こそうとすると、二階堂がするりと寄ってきて軽々と引き起こした。

「これがあんまりうるさいから、文句言いに来たんだよ」

空気を震わすCDのボリュームを絞りながら、二階堂は言った。

「ドアホンを鳴らしたんだけど全然応答がないし、そのうち変な物音がし始めたから、ベランダに回ったんだ」

不審げな、探るような視線から身を隠そうと朔矢は乱れた服を必死でかき寄せた。指先が強《こわ》ばって、ボタンがひとつもかけられない。

「手、貸そうか？」

冷静な申し出に、朔矢はシャツの前をぎゅっと摑んでうつむき、かぶりを振った。

「一体何があったんだ？」

「…………」

「……怪我は？」

再び無言でかぶりをふる。

唇を引き結んで何も言おうとしない朔矢の頑《かたく》なさに呆《あき》れたように、二階堂がため息をついた。

「俺はここにいない方がいいか？」

答えられずに朔矢はじっと身を硬くしていた。その沈黙を肯定《こうてい》ととったのか、二階堂は立ち上がった。裏返しのサンダルを拾いあげ、侵入してきたときと同じように、ベランダから出ていった。

安堵《あんど》と絶望が綯《な》い交《ま》ぜになって、頭の芯《しん》がぼうっと痺《しび》れた。

行かないでとすがりつきたかった。けれどこんな姿を知り合いに——それも二階堂にさらすのは耐えられなかった。

打撲《だぼく》や擦過《さっか》の痛みと、押《お》し潰《つぶ》されそうな胸の痛みで、立ち上がる気力がなかった。そっと指先をのばして、CDのボリュームを再び大きくする。そのまま膝を抱《かか》えて蹲《うずくま》った。

一曲も終わらないうちに、玄関の扉が軋《きし》む音がした。

鍵が開いていたことに、今頃思い当たる。

義兄が戻ってきたのだ。

恐怖で心臓が跳《は》ね上《あ》がる。無意味なことだとわかりながら、じりじりと壁ぎわにいざった。

戻ってきたのは勇一ではなかった。救急箱らしい小さな箱を提《さ》げた二階堂だった。

茫然《ぼうぜん》と見上げる朔矢に向かって眉《まゆ》をひそめ、コンポに顎《あご》をしゃくる。

「おまえな、うるさいって何度言ったらわかるんだよ」

ざくざくと歩み寄ると、膝をついてスイッチを切ろうとする。

「消さないで！」

制止する声が悲鳴のようになった。

「市村《いちむら》？」

「ごめん、うるさいってわかってるのに、でも、一人でいるとき、ちょっとでも音が途絶えると恐いんだ。だから、消さないで。お願いだから……お願いだから……」

声がかすれて震《ふる》えた。必死で唇を噛んで堪《こら》えたのに、塞《せ》き止《と》められず、朔矢は声をあげて泣きだした。

「おい……」

震える肩に手が伸ばされる。朔矢は身を捩《よじ》って接触を拒んだ。

「ボタンをかけるだけだから、じっとしてろ」

迷いのない指が、下から順番にボタンをかけていく。

一番上のボタンをかけ終えると、眉根を寄せて朔矢の顎に手を添えた。

「口ん中、切ってるだろ」

親指の腹で唇の端の血を拭《ぬぐ》われる。振り払おうと両手で二階堂の腕を摑み、それきり朔矢は手を放せなくなった。最前の出来事のショックで、触れられることにぞっとしながら、けれどひとたび触れる瞬間の恐怖を通り過ぎると、がっしりとあたたかい腕の感触に逆に安心感を覚えた。

朔矢は俯《うつむ》いて、命綱にすがるようにぎゅっと両手に力を込めた。

「ちょっとだけ……ちょっとでいいから、ここにいて」

哀願《あいがん》する声が、嗚咽で無様にはねあがった。自分で制御《せいぎょ》できない涙が、ジーンズやフローリングの床に小さなしみをいくつも作っていく。

「……ごめん、オレ、めちゃくちゃみっともない」

「バカ」

二階堂は片腕を朔矢に与えたまま、もう一方の手を肩に回してきた。緊張で身体が強ばる。

「もう十分みっともないんだから、今更虚勢張っても仕方ないだろう。力抜けよ」

胸元に抱え込むように引き寄せられて、心臓がひどく暴れだす。

どんな態度をとればいいのかわからない。本気で身体を預けたりしたら「冗談だよ」と突き飛ばされるのではないかと怯《おび》えながら、それでも、二階堂の体温に抱き締められるのが心地よくて、恐々《こわごわ》と肩口に頭をもたせかけた。

子供でもあやすように、思いがけないほどやさしい手が肩をポンポンと叩いてくれる。切ない安堵感に、ますます涙が止まらなくなった。

おばけを意識したとたん、あたりにいるのではないかとぞっと恐怖にかられた子供時代と同じように、一人きりの部屋を、淋しい、恐いと意識したとたん、居たたまれなくなることはわかっていた。だからなるべく余計なことを考えずに済むように、能天気を装って自分を騙《だま》してやってきたのだ。

けれど二階堂の腕のあたたかさのなかで、朔矢は孤独を意識しないわけにはいかなかった。

いい年をしてそんなことは他人はおろか自分自身でさえも気付きたくはなかったけれど、本当はずっと恐かった。一人きりでいると、いやなことばかり考える。夜、ベッドの中で、義兄にされたことを思い出して、死にたい気持ちになったことが何回も何回もあった。

「どこか痛いのか?」

泣きやまない朔矢に、二階堂が怪訝《けげん》そうに訊《たず》ねてきた。朔矢は小さくかぶりを振った。

「さっきので、どこか怪我したんじゃないのか？」

暗に暴行の度合いを訊ねられているのだとわかって、朔矢は恥じ入りながらぎゅっと目を閉じた。

「……大丈夫。最後までされてないし、それに……慣れてるから」

肩を叩いていた手が止まった。

きっと嫌悪感を持たれたに違いない。理由のわからない涙が、また溢《あふ》れだす。

押し退けられるかもしれないという朔矢の予想に反して、二階堂は朔矢の肩に置いた手を離さなかった。

「どういうことだ？」

「……勇一さんは、多分ノイローゼなんだと思う」

「勇一さん？」

兄を名前で呼ぶ朔矢に、二階堂が訝《いぶか》しげに問い掛けてきた。

「オレの母親と勇一さんの父親が一年前に結婚して、それで兄弟になったんだ。勇一さんはすごく頭がよくて、みんなに信頼されてて……ちょっと二階堂に似てる」

「あんな強姦魔《ごうかんま》と一緒にするなよ。だいたいそんなご立派なやつが、なんであんな真似するんだ」

「オレにもよくわかんないけど、多分、周囲の期待とか信頼とかが重圧で、少し普通じゃない状態なんだと思う」

「……ここに越してきたのは、通学時間の問題なんかじゃなかったんだな。あの兄貴から逃げてきたってわけだ」

朔矢はうつむいて、小さく否定した。

「義父さんはオレが勇一さんを誑《たぶら》かしたって思ってる。……それでうちを出された」

「なんだよ、それは」

怒気をはらんだ低い声。

「なんでそういうことになるんだ？」

「…………」

「違うなら違うってどうして言わない。そういうことは泣き寝入りしてる方にも非があるんだぞ」

「……騒ぎを大きくして、うちの中に波風立てたくない。母親に知られたくない」

「何をバカなこと言ってんだよ。そういう問題じゃないだろう。偽善者ぶってないで自分のことを考えろ」

「……そうだけど…そうなんだけど…恐いんだ」

「何が」

「母さんと、オレのホントの父親は五年前に離婚してる。そのきっかけを作ったのは、オレなんだよ。その二の舞になるのが恐い」

朔矢はぼんやりと床に視線を落とした。

「父親が浮気してて、その相手からの電話にオレが出ちゃって。もう、ずっと前から母さんは父さんの挙動不審には気付いてたみたいで、何か変わったことに気付いたら教えてって、言われてたんだ。だからその電話のこと、母さんに話した。それで決定的になった」

「それのどこが、市村のせいなんだ？」

「……離婚したあと、一時期母さんがすごい情緒不安定になっちゃって。アル中まではいかなかったけど、昼間でもお酒飲んだりしてた時期があったんだ。その時に、言われたことがある」

朔矢はきゅっと唇を噛んだ。

「オレが電話の話なんかしなければ、浮気のことだって気付かずに済んで、父さんと別れる必要もなかったって」

「自分で教えろと言ったくせにか？　支離滅裂《しりめつれつ》な八つ当たりだな」

「完全に錯乱《さくらん》してたんだと思う。そもそも結婚したのだってオレができちゃったからだって言い出して。全部オレのせいだって。……疫病神《やくびょうがみ》って言われた」

「……いったいどんな母親だ」

「誤解しないでよ。母さんは普段はホントにやさしくて、そんなこと言う人じゃないんだ」

憤慨《ふんがい》する二階堂から、朔矢は母親を庇った。

「そのときはホントにひどい精神状態だったんだと思う。酔ってもいたし。あとで泣きながら謝られた。あとにも先にも、あんなことはそれ一回きりだった」

朔矢は小さく息をついた。

「オレだって友達と喧嘩《けんか》して、言うつもりもなかったことをガーッて言っちゃって猛烈に後悔することある。だから母さんの気持ちはわかるんだ」

「それとは全然次元が違うだろう」

「でも、似たところはあると思う。……だからわかる。激昂《げっこう》して口走ることって、確かに言うべきことじゃないけど、本心なんだよ」

胸の底が冷え冷えとした。

百パーセントプラスの感情だけで成り立っている人間関係などありえない。身内に対しても、どんなに仲のいい友人に対しても、腹が立ったり憎悪を感じたりする瞬間は必ずある。

普通は表面に出さないそのマイナス部分を、朔矢は母親に突き付けられたのだった。

愛されていることはちゃんとわかる。けれど母親が人生の折々に朔矢の存在を疎《うと》ましく思ったこともまた事実だとわかる。

きれいな部分も汚れた部分も両方あってあたりまえだと、理性では理解できるけれど、きちんと消化しきれるだけの強さが、朔矢にはまだなかった。

「勇一さんとのことが露見《ろけん》したら、きっともめ事が起こる。……偽善者ぶってるわけじゃないんだ。誰かのためとか、誰かを庇ってとかじゃない。オレは、自分が傷つくのが恐いんだよ」

日頃の朔矢の陽気さは、ひそやかなプライドのあらわれでもあった。人に弱みや傷をさらすのは耐えがたい恥辱《ちじょく》に思えた。自分の中の湿っぽい部分を知られるくらいなら、明るいだけのバカだと思われている方が、千倍はマシだと思う。

そうやって自分自身にすら虚勢を張って生きてきたのに、とうとう弱音を吐《は》いてしまった。

……よりにもよって、こんな容赦《ようしゃ》のない同級生の前で。

きっと笑われる。馬鹿にされる。

「へらへらアホを装って、そんな根の暗いことを考えてたのか」

案の定、二階堂は呆れたような声で言った。

「……別に装ってたわけじゃない。どうせオレはアホなんだ」

半ば不貞腐《ふてくさ》れて言うと、思いがけないやさしい指先がうなじにかかる髪を散らした。

「じゃあ、アホはアホらしく、一人で抱え込もうとするのはやめろ。キツいときには助けてって言えよ」

「誰に？」

「友達だってなんだっていい。信頼してる相手にだ」

「……いないよ、そんなの」

口にするとひどく惨《みじ》めな気がした。友達は多い。けれどそれは、事欠かない小遣いや、後腐れのない陽気な性格を武器にして手に入れた、楽しい出来事だけを共有するための遊び友達ばかりだった。鬱陶《うっとう》しい悩みや傷心を持ち込みあうような関係ではない。

親しい人間から与えられる傷の深さを知っている。だから広く浅いつきあいしかしない。そのことによって、傷つかずに済むかわりに、朔矢には特別に安らげる相手もいなかった。

間近にあるメガネごしの怜悧《れいり》な瞳を、朔矢は急に意識した。熱をはらんだ風のように、かぼそい願望がこみあげてくる。

助けて、と、言える相手がいたらいいのに。

……それが二階堂だったらいいのに。

義兄に触られることはあんなにもぞっとすることだったのに、取り乱したどさくさに紛《まぎ》れてこうして二階堂の身体に触れていることは、切ないほどに心地よかった。

甘やかな願望は、朔矢をぞっとさせた。これ以上頼ることで、負担に思われたくなかった。傷つきたくない。失望したくない。

「あー、なんかすげーみっともなかった」

わざと茶化すように言って、泣き疲れて怠《だる》い身体を、居心地のいい場所から引《ひ》き剝《は》がした。

離れると、いましがたまで触れ合っていた手や胸が余計に意識されて、胸の中を熱い渦が巻いた。

「大丈夫か」

気遣うというより、出席をとる教師のような、淡々と理性的な問いかけだった。その湿り気のなさに、朔矢は却って救われた。

「大丈夫。……あのさ、なんか混乱して、色々ヘンな話しちゃったけど、そんなわけで別に強盗とか変質者とかじゃなくて、うちの家庭内の問題だから。ちゃんと自分でなんとかしてみる」

「なんとかできないから、今に至ってるんだろうが」

「……うん。でも、二階堂に話聞いてもらって、ちょっとラクになったから。ちゃんとなんとかする方法を考えるよ」

これ以上立ち入らせないための方便でもあったけれど、半分は本当のことだった。話すことで救われた。……同じくらい後悔もしているけれど。

「あ、手当てするほどの怪我じゃないから、平気だよ」

救急箱の蓋《ふた》を開けた二階堂を、朔矢は明るい声で制した。

二階堂は何か言いたげに胡乱《うろん》な瞳を向けてきたが、やがて黙って立ち上がった。

「あのさ、武士の情けで、今日のみっともねーことは全部なかったことにして」

腫《は》れぼったい目をあげて、朔矢はおずおずと笑ってみせた。二階堂は節の張った長い指でメガネを押し上げた。

「……条件付きでなら、飲んでやる」

「どんな条件？」

「ちゃんと自分の拠《よ》り所《どころ》を作れ」

淡々と言う。

「おまえみたいに自分にも他人にも隙だらけのヤツが、今みたいに不安定な状況にあるのはよくない」

「…………」

「俺までとばっちりをくらって迷惑だ」

「……ごめん。ヘンな身の上話なんか聞かせちゃって……イテ」

取り乱してすがりついたことを迷惑がられたのだと思って、赤面しながら言《い》い繕《つくろ》うと、頭をぱちんと叩かれた。

「そんな話をしてるんじゃない。騒音のことだ。理由を言わないから、俺は散々文句を言った。おまえのせいで、いらん罪悪感に苛《さいな》まれて迷惑だ」

「別に二階堂が罪悪感なんて感じる必要ないよ。うるさくしたオレが悪いんだから」

「理由がわかれば、頭ごなしに苦情を言ったりしなかった。……悪かったな」

謝罪の言葉が妙にやさしく聞こえて、朔矢は動揺《どうよう》した。

「何か問題が起こったら、とりあえずうちに来い。意味不明の騒音を撒き散らされるよりは、相談される方が被害が小さくて済む」

玄関の方に歩き出しながら、二階堂は飄々《ひょうひょう》と言った。

「……うん、わかった」

きっと社交辞令で言ってくれているのだろうと、朔矢も本気でない返事を返す。二階堂は足を止めて、ちらりと朔矢を振り返った。

「別にわざわざ来るほどの問題じゃなかったら、ダイニングの壁を叩け」

「壁？」

「あんまりドカドカやるなよ」

さらりと言って、二階堂は帰っていった。


翌日は二階堂《にかいどう》と顔を合わせるのが気恥《きは》ずかしくて、学校で会ってもなるべく視線を合わせないようにしていた。

いつものように友達と馬鹿騒ぎを演じながら、すぐうしろを二階堂が通り過ぎる気配に全神経が集中して、身体中が心臓になってしまったようにどきどきした。

自分の方から避けているくせに、相手もまるでなにもなかったように朔矢《さくや》を無視していることが、悔《くや》しいような淋《さび》しいような気分だった。

顔を見ただけでも、赤面しそうで逃げ回りながら、話し掛けて欲しいと思う。触れたいと思う。

一日を落ち着かない気分で過ごし、放課後は友達とまた無意味に遊び歩いて、十時過ぎに帰宅した。

いつものように大音量でテレビとCDをつけ、それからハッとしてボリュームを絞《しぼ》った。昨夜あれだけ醜態《しゅうたい》をさらしたあとで取《と》り繕《つくろ》っても仕方がないが、それでも隣に音が漏れて、淋しがっていると思われるのは屈辱《くつじょく》だった。

いつもよりひっそりとした部屋がもの淋しくて、朔矢は早々に風呂に入って、携帯を手にベッドに潜《もぐ》り込《こ》んだ。景気付けに友人の声でも聞こうとコールしたが、こんな時に限って、誰もつかまらない。

せめて母親か妹の声を聞きたいと思ったが、誰が電話口に出るかわからない実家には、朔矢の方からは電話ができないのだった。

誰とも連絡がとれないことが、ぞっとするほど淋しくて、心許《こころもと》なかった。息苦しいような孤独が、喉元《のどもと》にせりあがってくる。

静かな部屋のベッドの中で、朔矢はぎゅっと目を閉じた。

誰か誰か誰か……。

ふいに、昨夜二階堂が言っていたことを思い出した。

『わざわざ来るほどの問題じゃなかったら、ダイニングの壁を叩け』

あれはこういう時のことを言ったのだろうか？

しばらく逡巡《しゅんじゅん》した末、朔矢は起き上がってダイニングに行った。

もう寝ているかもしれない。うるさがられるかもしれない。独《ひと》りで恐がっていると嘲笑《ちょうしょう》されるかもしれない。

それでも、誰かの気配を感じたかった。

こぶしを作って、壁をコツンと叩いた。意味もなく心搏数《しんぱくすう》が跳《は》ね上《あ》がる。

数秒ほど待ってみたが、反応はなかった。

もう寝てしまったのかもしれないと思いかけた頃、トン、と小さな振動が返ってきた。

壁に耳をつけ、もう一度ノックしてみる。今度はすぐにコンと返事が戻ってきた。じわりとあたたかいものが胸にこみあげてきて、三度《みたび》朔矢は壁を叩いた。

今度は返事がない。壁に張りついたままじっとうずくまっていると、電話が鳴りだした。静かな部屋に響きわたるコールにぎょっとしながら、慌《あわ》てて受話器を摑《つか》んだ。

「もしもし？」

『どうかしたのか？』

二階堂の声だった。心臓が妙にどきどきとして、朔矢は意味もなく咳払いをした。

「別にどうもしないよ」

『今、壁叩いただろう』

「よろけてぶつかっただけだよ」

恥ずかしくなってそっけなくうそぶくと、受話器の向こうがしんとなった。

もしかして怒らせたのだろうかと、心細い不安が込み上げてくる。駆け引きが不得意な朔矢は強がりをすぐに覆《くつがえ》した。

「ウソだよ。……二階堂いるかなと思って、ちょっと叩いてみた」

言ってますます恥ずかしくなる。何かもっともらしい言い訳《いわけ》はないものかとあたりに視線を巡《めぐ》らすと、カレンダーが目に入った。

「…あのさ、明日一日だろ？　オレ、出席番号1番だから、数学当たりそうな気がするんだけど、わかんないとこあって」

『自分の用事で人に電話をかけさせるなよ』

二階堂の淡々としたしゃべり方は、どこか冷ややかでそっけない印象を与える。自分の中にやましい部分があるだけに、朔矢は余計に居たたまれない気持ちになった。

「……ごめん」

『こっちに来い』

「え？」

『人に電話させてないで、教科書持ってこっちに来い』

「……でも、家族の人とかもう寝てるだろう？　迷惑じゃん？」

『なにも大騒ぎするわけじゃあるまいし。平気だよ』

一度覗《のぞ》いたことがある、壁の向こう側のあたたかい空間のことを思い出して、甘い切なさが胸にひたひたと満ちてきた。

今すぐに飛び出して隣に行きたい。けれど行くのが恐かった。ひとときの安心感に浸《ひた》ったあと、再びこのもの淋しい部屋に戻ってくるのはひどく辛《つら》いことのように思えた。

「あのさ、オレ、もうパジャマに着替えちゃってるから、明日ガッコーで教えてくれると助かるんだけど」

『勝手なヤツだな。まあせいぜい遅刻しないで来いよ。数学は一限だったろう』

「わかってるよ」

喧々《けんけん》と返して、そこで会話が途切れてしまう。

朔矢は電話を切るのが苦手だった。回線が途切れたとたんに戻ってくる静寂《せいじゃく》と孤独感が堪《た》え難《がた》くて、ついつい話を長引かせてタイミングを逸《いっ》してしまう。

けれど相手の方から切られるのは、もっと切ない。いつまでももの淋しい余韻《よいん》が残ることになる。

小さく息をついて、朔矢は明るい声を出した。

「じゃあね」

『市村《いちむら》』

おろしかけた受話器から、二階堂が低く静かな声で呼び掛けてきた。

「なに」

『問題ないか？』

抑揚《よくよう》のない問い掛けに、一瞬戸惑《とまど》い、それからなんともいえない、浮き足立つような痺《しび》れに満たされる。

「全然」

ごく短く、朔矢は応じた。

『そうか。じゃあな』

今度はあっけなく電話は切れた。

壁にもたれて、鳥の雛《ひな》でも抱くように、しばらく受話器を抱いていた。

まぶたがぼうっと熱かった。

どうしよう、どうしよう……。

落ち着かない呟《つぶや》きが胸の中でぐるぐるまわる。

……どうしよう。

淋しいときに傍《そば》にいてくれたから。別に二階堂でなくても、きっと誰でもよかった筈だ。男でも女でも。大人でも子供でも。もしかしたら犬でも猫でも。

でも、たまたま二階堂だったのだ。

こんなふうに人を恋しいと思ったことはなかった。落ち着かない気持ちを持て余してぎゅっと目を閉じると、目縁《まぶち》にかすかに涙が滲《にじ》んでしみた。

「朔矢、ヒマならゲーセン寄ってこうぜ」

放課後、いつものように三島《みしま》たちが声をかけてきた。

「オッケー」

嬉々《きき》として応じ、カバンを摑んで歩きだそうとしたところで、いきなり背後から衿《えり》を摑まれた。

「こいつは今日はパスだ」

二階堂が無表情に三島に言い渡した。

「なんだよ、それ」

朔矢はばたばたともがいて、二階堂の手から逃《のが》れた。

「ゆうべエラそうな返事をしてた割に、遅刻しやがったな」

「でも、ちょうど数学自習だったし、ラッキーだったよ」

「数学は明日もあるだろうが。今からわからないところを教えてやる」

「明日当たるのは出席番号2番じゃん。オレはカンケーないもーん」

朔矢のへらず口に、二階堂はメガネの奥から嘲《あざけ》るような一瞥《いちべつ》をよこした。

「そういう了見《りょうけん》なら、泣き付いてきてももう金輪際面倒《こんりんざいめんどう》みないぞ」

「いいよ、別にそんなの……」

言い返しながらも、なんとはなしに二階堂の顔色を窺《うかが》うように語尾が弱まる。

「なんだよ、朔矢。いつから二階堂の旦那《だんな》と仲良しになったの？」

三島が茶化すように口を挟《はさ》んできた。

「別に仲良くなんかなってないよ」

いかにも迷惑だというふうに口を尖《とが》らせてみる。そのくせ内心では、二階堂が呼び止めてくれたことが嬉《うれ》しくてたまらない。

「せっかくだから見てもらえよ、朔矢。俺らは先に行ってるからさ」

三島はひょいと手を振って、仲間たちと帰り支度《じたく》を始めた。

「まったく面倒見がいいよな、二階堂って」

戸口からこちらを振り返って、土橋《どばし》が感心したように言うのが聞こえた。

朔矢は少しばかりいやな気分になった。

土橋の言うとおり、二階堂はとっつきにくい外見に似合わず面倒見がいい。責任感が強く、誰からも頼りにされるタイプだった。要するに、朔矢だけに親切というわけではないのだ。

そのことでどうして自分がいやな気分になるのか、その理由が朔矢にはもう十分わかってしまっていて、それがひどくばつが悪かった。

「これ書いちゃうから、その間にどこがわからないのか整理しとけ」

本日の日直の二階堂は日誌を広げ、隣の椅子に無愛想《ぶあいそう》に顎《あご》をしゃくった。

あっという間に人気《ひとけ》がひいてしまった放課後の教室で、朔矢は渋々といった表情を作りながら、数学の教科書を開いた。

もはやどこがわからないのかさえわからない。いつも机の中に置きっぱなしにしている新品同様の教科書に目を落としていると、ふわふわとした眠気が差してくる。

窓から入ってくる五月の風が、黄ばんだカーテンを揺らした。二階堂がボールペンを操るざらついた音が、耳に心地よくて、朔矢は陶然となった。

もう一生、このままならいいのにと思う。

仲間たちと夜の街を遊び歩く時の興奮やスリルなど目ではない。気難しいクラスメイトの隣

で、ちんぷんかんぷんな教科書を眺《なが》めているどうしようもない退屈が、ひどく贅沢《ぜいたく》なことに思えた。

特別に面白《おもしろ》いことなど、もう何もなくてもよかった。この退屈と引き替えに、残りの人生全部の幸運を放棄《ほうき》してもいいと思う。

盗み見る二階堂の横顔は、相変わらず無愛想で、ひどく格好がよかった。

もしも相手が二階堂だったら……。ぼんやりとした想像が頭をよぎる。あのぞっとする行為の相手が、義兄ではなく二階堂だったら。

不意に二階堂が視線をあげた。朔矢は思わず身を引いた。

「ぼやっとしてないで、さっさとやれ」

「わかってるよ」

慌《あわ》てて教科書に目を伏《ふ》せながら、人知れず顔に血がのぼる。自分の浅ましい想像に、居たたまれない気分になった。

……二階堂だったら、きっとイヤじゃない。けれどそんなことを望んでいるわけでもなかった。ただこんなふうに、傍《そば》にいるのが心地いい。誰といても、こんな安心感を覚えたことはなかった。

廊下《ろうか》をパタパタと足音が近付いてきた。放課後といっても、部活や委員会でまだ校舎に残っている生徒もいる。時折足音やさざめくような笑い声が近付いては通り過ぎていく。

今度もそうだとばかり思っていると、足音は教室の前で止まった。開け放しの扉から、女の子がひょいと入ってきた。

「ちょっと二階堂くーん、ずっと部室で待ってたのよ」

時々、廊下の窓越しに二階堂と話をしている、隣のクラスの加藤美和《かとうみわ》だった。

「なにか用か？」

「用か、じゃないでしょう。今日は備品の買い出しに付き合ってくれる約束だったじゃないの」

二階堂は眉《まゆ》をひそめた。

「金曜日って言ったろう」

「ウソ、今日じゃなかった？」

「金曜だ」

「困るよ、金曜は用事あるんだから。今日つきあってよー」

「自分が取り違えたくせに、勝手なこと言うなよ。俺だって今日は用事がある」

美和は身を乗り出して二階堂の手元を覗《のぞ》き込《こ》んだ。

「なんだ、用事って日直？　だったら終わるまで待ってるわよ」

「そうじゃない」

何か言いかけた二階堂を遮《さえぎ》るように、朔矢は椅子をがたつかせて立ち上がった。

「それじゃ、オレは放免《ほうめん》だね。ラッキー」

「おい」

「買物あるんだろ？　行ってこいよ。あーあ、せっかく二階堂センセイに数学教えていただけると思ったのに、ざんねーん」

皮肉っぽく言って、帰れることがいかにも嬉しいという顔で、朔矢は教科書を閉じた。

自分のことを優先して欲しいと思う。だからさっさとこの場を立ち去りたかった。親しげなやりとりの末、二階堂が美和を優先させる場面など見たくはなかった。

「教科書は持って帰れよ。またあとで見てやる」

あっさりとそれだけ言って、二階堂は特に引き止めてもくれなかった。

三島たちのいるゲーセンに合流しようと歩きだしたものの、結局気がのらず途中で駅に引き返した。

待ち合わせの人々にまぎれて、ロータリーの花壇《かだん》に腰をおろし、しばらくぼんやりと人や車の流れを見ていた。

二階堂の言動に一喜一憂《いっきいちゆう》している自分が、惨《みじ》めで滑稽《こっけい》だった。

美和と二階堂はつきあっているのだろうか。

下世話な勘繰《かんぐ》りをしつつも、結局どちらでも同じなのだと朔矢は投げやりに思った。二階堂にとって美和が特別の相手でないとしても、朔矢になんらかの余地が残されているわけではない。

周囲の人々は待ち合わせの相手と連れ立って、次々と入れ替わっていった。一時間もじっとしているのは、ベンチを占領して顰蹙《ひんしゅく》をかっているホームレスと、朔矢だけだった。ラッシュがピークになると、あまりにたくさんの人と車の量に、ひどくもの淋しくなってしまう。

すっかりこわばった身体を引き起こして、朔矢はため息と一緒に定期を取り出した。


マンションのドアの前には客がいた。

「ちょうどよかった。いまさっき来たところだったんだ」

義父の声に、ただでさえ鬱々《うつうつ》としていた気分が余計にどんよりと曇った。

「……こんにちは」

朔矢《さくや》は身を硬くして、小さく会釈《えしゃく》した。義父が訪ねてくるのは、よくない用事のときにきまっている。

「少し話したいことがあるんだが」

声に被《かぶ》さるように、背後でエレベーターの停まる微《かす》かな音がした。ひたひたと大股《おおまた》の足音が近付き、壁の影から二階堂《にかいどう》が姿を見せた。

朔矢はちょっと驚いて目をしばたたかせた。

二階堂はすぐに場の雰囲気《ふんいき》を察した様子で、義父に軽く会釈をすると、

「あとでな」

短く言って、あっけなく通路を引き返していってしまった。

引き止めたい衝動に駆られたが、家庭内の問題に、関係ない友人を立ち合わせてまた不愉快《ふゆかい》な思いをさせるのは気がひけた。

「ああ、ここでいい」

鍵《かぎ》を取り出そうとする朔矢を制して、義父はまだ長い煙草《たばこ》を踏み消した。

「また勇一《ゆういち》の様子がおかしくてね。……そっとしておいて欲しいと頼んだことは覚えているかな」

声音は穏やかだったが、言外に含《ふく》まれている非難はひしひしと伝わってくる。

朔矢はぎゅっと唇を噛んだ。

「……だからうちには近付いてないし、電話だってオレの方からは一度もかけたことないです」

「そうだね。でも、ここに勇一を誘《さそ》い込《こ》むような真似をしていたら同じことなんだよ」

「誘い込むって……」

いったい義兄の口からどんなふうに話が伝わっているのだろうか。

「もちろん、勇一の方にだって悪いところはあると思うんだ。真面目《まじめ》な分、ちょっとしたからかいも受け流せないところがあるし」

義父はいつものように、忍耐強さを見せ付けるような口調で言った。

「きみは男の子にしてはずいぶん繊細《せんさい》ななりをしているから、勇一も魔が差しておかしな気を起こしたりするんだろう」

「………」

「私はきみのことも本当の息子だと思うようにしているんだよ。だから髪をそんな色にしたり、なにやら賑《にぎ》やかな友人連中と繁華街を遊び歩いたりしているのも、感心はしないけれど、理解してやりたいと思ってるんだ。それにね」

義父は小さく咳払いをした。

「きみが、もしもその——異性よりも同性を好むような特殊な性向を持っているとしても、それ自体を否定するつもりはないんだよ。ただ、勇一をそそのかすようなことだけはやめてもらいたい。あいつも将来のある身だからね」

恥辱《ちじょく》で顔に血がのぼった。

被害に遭《あ》っているのは朔矢の方だし、勇一にいかがわしい行為を強要されるまで、同性を性的な対象にしたこともされたことももちろん皆無だった。

いったい義父の目に自分はどんな人間として映っているのだろうか。

屈辱《くつじょく》で頭の芯がぐらぐらし、反論が喉元《のどもと》までせりあがってきた。けれど感情を爆発させて義父に嚙み付くのにはためらいがあった。

実の息子というだけで、勇一の支離滅裂《しりめつれつ》な言い分を鵜呑《うの》みにしている義父の姿に、朔矢はなんとなく萎縮《いしゅく》してしまうのだった。

前にも考えたあの疑問が、再び頭に浮かんでくる。

義父が勇一を手放しで信用しているように、母は自分の言うことを信用してくれるだろうか。

母親が自分にそれなりの愛情を持ってくれていることはわかる。けれど『疫病神《やくびょうがみ》』と言われたときのショックは、朔矢の中でトラウマであり続けていた。誰かの愛情を無条件で信じることが、朔矢にはどうしてもできなかった。

それに加えて、義父の言った『特殊な性向』という言葉が、心の奥の不安を煽《あお》った。

脳裏を掠《かす》めたのは、二階堂のことだった。

相手が二階堂だったらいやじゃない、そう思った自分が確かにいるのだ。

……もしかしたら、自分で気付かなかっただけで、そういう性向を自分は持っているのだろうか。義兄のことも、義父の言うとおり自分に問題があったのだろうか。

「約束してくれるね」

畳《たた》み掛《か》けるように言われて、朔矢は言葉に迷った。

「……オレの方からは勇一さんと連絡をとったりしません。だから勇一さんにもここに来ないように言ってください」

義父は一瞬眉《まゆ》をひそめた。

「そそのかしておきながら、勇一に責任転嫁《てんか》するつもりか」

「そそのかしてなんか……」

「こういう言い方はしたくないんだけどね、私が再婚するまで——つまりきみと出会うまで、勇一は一度だって問題を起こしたことなどなかったんだよ」

なんとも答えられない朔矢に、義父は重いため息をついた。

「この件に関しては、お母さんの耳には入れずになんとか穏便に済まそうと思っていたけど、これ以上きみが問題を起こすつもりなら、お母さんにも相談しないわけにはいかないな」

心臓がひやりと冷たくなった。

母親には知られたくなかった。自分のせいでまたもめ事が起こって、家の中がばらばらになることを思うと、頭の芯がぞっとなる。

どうしたらいいのだろう。どうしたら穏便にことを収められるのだろう。

自分が悪かったと義父に謝って、今度義兄が訪ねてくるようなことがあったら下手に逆らわず気の済むようにさせれば、これ以上の波風は立たずに済むのだろうか。

「……母には言わないでください」

「私だってこんな話はしたくないさ」

「……すみません」

いわれのない謝罪《しゃざい》を口にしながら、声が震《ふる》えた。数々の理不尽にきちんと対応できない自分が情けなくて惨《みじ》めで、涙がわきあがってくる。

「なに謝ってるんだよ。バカじゃないのか」

唐突に、第三者の声が割り込んできた。

薄く涙の膜《まく》が張った目をあげると、通路の角に二階堂が立っていた。引き返したとばかり思っていたのに、どうやらそこで一部始終を聞いていたらしい。メガネの奥から蔑《さげす》むような視線を送ってきた。

「おまえが謝ったって、何にも解決しないだろうが」

「……きみは?」

突然の闖入者《ちんにゅうしゃ》に義父が眉根を寄せた。

二階堂は傲岸《ごうがん》なまでにきちんと背筋ののびた姿勢で、義父に向き合った。

「彼のクラスメイトで、隣に住んでる者です」

「それはどうも、いつも朔矢がお世話になって。私は――」

「知ってます」

自己紹介をしようとする義父の言葉を遮《さえぎ》って、二階堂はさらりと言った。

「ゴーカン男のお父上ですよね」

「二階堂！」

いきなりの台詞《セリフ》に心臓が跳《は》ね上《あ》がる。慌《あわ》てて腕を摑《つか》んで制したが、義父の表情は一瞬にして険《けわ》しくなっていた。

「……どういう意味かな」

「その通りの意味ですよ。先日隣の部屋から何やら不穏な物音がするので覗《のぞ》いてみたら、彼が暴漢に襲われていた。さっきから聞いてるとあなたはどうあっても市村《いちむら》に責任を押しつけたいようですが、あの状況でどうやったらこいつが加害者になれるのか、理解に苦しみますね」

義父は胡乱《うろん》げに朔矢と二階堂を見比べた。

「……朔矢くんにこんなふうに味方になってくれる友達がいることは、父親としてとても嬉《うれ》しいよ。しかし事実は事実として――」

「事実？　市村が兄貴を誑《たぶら》かしたとかそそのかしたとかいうヤツですか？」

「これは我が家の問題だ。きみには関係のないことだろう」

二階堂は義父の言葉に動じた様子もなく淡々と返した。

「仮にそれが事実だとしても、そそのかされてその気になるようなヤツは人間としてどうかと思いますね。あなたの理屈がまかり通るとすれば、盗みも人殺しも『そそのかされた』の一言で被害者ヅラできるってことですよね」

「…………」

「そもそも、同性の、よりにもよってこんなセックスアピール皆無のガキに男を誑かせると信じてるなら、あなたの正気も疑いますよ。おかしな妄想癖《もうそうへき》でもあるんじゃないですか」

年齢的にも社会的地位からいっても、日頃人から糾弾《きゅうだん》されるような立場にないであろう義父は、二階堂のきっぱりとした言い分に当惑《とうわく》したように黙り込んだ。

「奥さんに言う前に、ご自分の息子さんをきちんと問《と》い質《ただ》さないと、恥《はじ》をかきますよ。それとも第三者を間に入れて話し合った方がいいですか。うちの父は警察の少年課に勤務してるんですが」

「…脅迫《きょうはく》するつもりか」

「脅迫でもなければ、別に市村を庇《かば》ってるわけでもない。隣家に強姦魔《ごうかんま》が出入りしていて、平然としていられる人間がいますか？」

睨《にら》み合《あ》うような間合いのあと、先に目をそらしたのは義父の方だった。疑り深げな視線を朔矢の方に向けてくる。

「彼の言うことは本当か？」

朔矢はとっさに答えることができなかった。自分が沈黙することでなんとか保たれていた平穏が、これで崩《くず》れてしまうかもしれない。

濡《ぬ》れ衣《ぎぬ》を着せられたまま今の立場に甘んじているのと、事実を告げて再び家庭崩壊《ほうかい》のきっかけを作ってしまうのと、どちらがより辛《つら》いだろうか。

迷う視線は救いを求めて二階堂に向けられた。

メガネの奥の毅然《きぜん》とした目が朔矢をじっと見ていた。

傷つきたくないばかりに罪《つみ》を着るような脆弱《ぜいじゃく》さを、きっと二階堂は許さないだろう。

たとえ「隣人として迷惑だから」というそっけない理由にしろ、見ぬふりをしてしまえばそれで済む厄介事《やっかいごと》に立ち合って、義父の理不尽な責めから庇ってくれたのだ。

二階堂の親切をふいにしたくはなかった。

朔矢は視線を伏《ふ》せて、小さくうなずいた。

義父の表情が険しくなった。

「疚《やま》しいところがないというなら、なぜ最初からそう言わなかったんだ」

「……もめごとを起こしたくなかったんです。変に騒いだりしたら、せっかくうまくいってたうちのなかが、ぐしゃぐしゃになっちゃうんじゃないかと思って……」

義父は複雑そうな表情を浮かべた。しばしの沈黙のあと、何かの口実を探すように腕時計に視線を落とした。

「とりあえず、もう一度勇一の話を聞いてみよう。またあとで連絡するから」

病院に戻らなくてはならないから、と、言《い》い訳《わけ》のように呟《つぶや》いて、義父は足早に通路の向こうに消えた。エレベーターの開閉音が静かに響いてきた。

「まったく見てられないな、おまえのバカぶりは」

呆《あき》れ果《は》てたような口調で言ったあと、二階堂は口の端で微かに笑った。

「まあ、一応ちゃんと言えたことは褒《ほ》めてやる」

二階堂の顔を見上げると、また目の奥が熱くなった。

複雑な感情がぐるぐると胸の中を巡《めぐ》っていく。

たとえどんな根拠《こんきょ》からでも、どうにもならない時に手を差し伸べてもらえたことが、痛いように嬉しい。けれど納得しきっていないであろう義父との間にこれから起こるかもしれないいざこざを思うと、不安が胸をふさぐ。

「手」

二階堂が短く言った。

「……え?」

「何リキんでるんだよ、アホ」

手首を摑んでぐっと引っ張られて、自分が緊張のためにきつく拳《こぶし》を握《にぎ》り締《し》めていたことに初めて気付いた。

「力抜け」

言われるままにゆっくり拳を開くと、掌《てのひら》に細い三日月のような爪痕《つめあと》が並んでいた。

「おまえは何一つ間違ってないだろうが。もっと力を抜いて、泰然《たいぜん》としてろよ」

緊張を解《ほぐ》すようにぶらぶらと手首を振られた。握り込まれた手首からやわらかい熱が伝わってくる。めまいがするような切なさに、そのまま溶けて消えてしまいたくなった。

「せっかく親父さんに本当のこと言えたんだから、何があっても翻《ひるがえ》したりするなよ。ちゃんと自分を貫《つらぬ》き通《とお》せ」

「……うん」

できる自信はなかったが、朔矢は短くうなずいた。喋《しゃべ》ると喉元の熱がおかしなふうにあふれだしそうだった。

「で、数学はどうする？　そもそもはそのことで来たんだ」

「……いいよ、もう」

泣きたいのを必死で堪《こら》えているせいで、抑揚《よくよう》のないぶっきらぼうな喋り方になってしまう。

そんな朔矢の反応が不愉快だったのか、二階堂はそっけなく手を放した。

「わかったよ。じゃ勝手に赤点でも取ってろ」

「二階堂！」

行ってしまう。そう思ったとたん、必死の声で呼び止めていた。

「なんだよ」

振り返った二階堂に、けれど何を言うべきか言葉が出てこない。

「あの……あの……」

逡巡《しゅんじゅん》した挙《あ》げ句《く》、口から飛び出したのは自分でも呆れるような、この場の状況とまったく無関係の台詞だった。

「加藤美和《かとうみわ》とつきあってるの？」

「……唐突《とうとつ》になんだよ」

二階堂は眉をひそめた。

「あ……ごめん、ええと……なんでもない」

「つきあってたらどうなんだよ？」

胸の奥につんとするような痛みが走る。

「別にどうでもない」

朔矢は落ち着きなく視線をうろつかせた。

「変なヤツだな。やきもちでも焼いてるわけ？」

完全に冗談口調だった。『気持ち悪いこと言うなよ』と笑い飛ばせばそれで済む筈だった。けれど理性が対応するより早く、ぱっと顔に血の気がのぼった。目や耳が熱をもって真っ赤になるのが自分でもわかった。

言葉もなく赤面する朔矢に、二階堂が戸惑《とまど》ったような顔をした。

「ち……」

違うと言おうとしたのに声が出ず、ますます顔が熱くなる。こんな反応をすれば、どんなに鈍《にぶ》い人間にだって悟られてしまうに決まっている。

二階堂の仏頂面《ぶっちょうづら》が、涙でぼやけて霞《かす》んだ。

朔矢はその場にしゃがみこんで、膝《ひざ》に顔を埋めた。

「……っごめん、どうしよう……」

「おい」

「……どうしよう……好きなんだ、二階堂のこと……」

自分の惨めな告白に、涙がますます止まらなくなる。耳の奥がぎゅっと痛んで、身体中が熱くなった。

「二階堂が、他の誰かに、親切に、するの見てると、胃の底がカーッてなって……」

嗚咽《おえつ》で、声がおかしなふうに跳ね上がる。

「オレのこと、かまってくれたり、今みたいに庇ってくれたりすると、バカみたいに嬉しくて……」

「…………」

「なんか、もう、二階堂のことばっかり考えてて……カレー食べさせてくれたこととか、この間勇一さんから助けてくれてギュッてしてくれたこととか……同情だったり、仕方なくだったり、そういうのだってわかってても、なんか嬉しくて、何度も思い出して、自分でも気持ち悪いヤツって思うけど……でも、好きで、もう、どうしていいかわかんなくて……」

涙で喉の奥が痛くて苦しくて、声が詰まった。嗚咽を止められずに、悪寒のように身体が震えた。

みっともなくて、情けなくて、このまま消えてしまいたかった。

「……部屋の鍵は？」

二階堂が低い声で訊《たず》ねてきた。綿が詰まったような頭では思考が定まらず、ぐずる子供のようにかぶりを振っていると、二階堂の手がポンポンとポケットを探ってきた。

右のポケットから目当てのものを探り出すと、二階堂は朔矢の鞄《かばん》を拾いあげ、それから朔矢の右腕を摑んで強引に立たせた。

玄関の鍵を開け、引きずられて室内に連行される。

壊れたように泣きじゃくっているうちに、靴《くつ》を脱がされ、リビングのソファに連れていかれた。ヒステリックな嗚咽のせいで、貧血めいて頭がふらつき、軽い吐き気《はけ》がしてきた。

「行…ちゃやだ…っ」

立ち上がった二階堂に、子供じみた悲愴《ひそう》な声をあげてとりすがってしまう。相手にとってどれだけ迷惑なことか、頭の中のわずかに冷静な部分ではちゃんと理解していて、そのことが朔矢を余計に惨めな気持ちにさせた。

「そんな状態で放り出して、どこへ行けっていうんだよ」

二階堂は玄関ではなく、キッチンの方へ歩いて行った。かすかな水音がして、戻ってきた時には水で絞《しぼ》ったタオルを持っていた。

「ほら、少し落ち着けよ」

節の張った手が後頭部を支えて、目元に濡れたタオルを押しつけてくる。しっとりと冷たい感触に、とりとめもなくのぼせていた頭の中の熱が、少しだけ治まった。

隣に座った体温が急に意識される。朔矢はソファの上でずるずるとあとずさった。

「何逃げてんだよ」

責めるような声で言われて、新たな涙が湧きだしてくる。

「だって……二階堂、オレなんかに触《さわ》ってるの、気色悪いだろう」

同性からおかしな感情を抱《いだ》かれる不快さは、朔矢自身がいちばんよく知っている。義兄に触れられてぞっとしたように、二階堂もきっと自分との接触など嫌悪しているに違いない。そう思うと申し訳なくて居たたまれなくて、とても触れ合うような位置にはいられなかった。

「おまえは自意識過剰《かじょう》なんだよ」

二階堂は馬鹿にしたような口調で言った。

「自分に人を気持ち悪がらせたり恐がらせたりするほどの威力《いりょく》があると思ってるなんて、自惚《うぬぼ》れすぎだ、アホ」

「………」

「だいたい、俺は気持ち悪いの我慢してまでアホの面倒《めんどう》見るようなお人好しじゃない。不快だったら市村の気持ちに気付いた時点でさっさと見切ってる」

混沌《こんとん》とした頭の中を、二階堂の言葉がぐるぐると巡っていく。朔矢は動揺《どうよう》して、タオルの端から相手を窺《うかが》い見《み》た。

「……気付いてた……？」

「気付くだろう、普通。教室ですれ違うたびああまで意識されたり、あんな目で見られたりしたら」

「…………」

「そのくせこっちが手をのばすと、魚みたいに逃げてくし」

「逃げてなんて……」

「数学みてやるって言ってるのに、教室から逃走するし、今だって勝手に俺が気持ち悪いだろうって決めつけて、そうやって身を引いていくだろう」

「……だって、いつも衝動的に甘えちゃったあとで気がつくんだよ。こんなふうに安易に人を頼る弱さはダメだって……」

「逆だろうが、市村の場合は」

「…逆？」

「誰かをホンキで信頼するのはすごく勇気のいることだ。頼るのが弱さなんじゃなくて、最後まで信頼しきれないのが弱さなんだろう」

自分でもはっきりと意識したことのない真実を突かれて、朔矢は悄然《しょうぜん》とした。

その通りなのかもしれない。義兄の言い分を義父が手放しに信じているような——その善《よ》し悪《あ》しは別としても——そういう絶対的な信頼を、朔矢は誰とも分かち合ったことがなかった。裏切られるのが恐くて、誰とも深くかかわりあえない。

それでも、二階堂を好きになってしまった。そしてその本音を知られてしまった以上、今まで通りの友達でいて欲しいなどと綺麗事《きれいごと》で塗《ぬ》り固《かた》めてみたところで、もうどうしたってただの隣人やクラスメイトの関係には戻れないのだ。

生温《なまぬる》くなったタオルにぎゅっと顔を埋めて、朔矢は精神的な痛みで壊れそうになりながらくぐもった声を出した。

「前に拠《よ》り所《どころ》を作れって言ってくれたよね。……オレは、二階堂がいい」

初夏のまだ寒い日にプールからあがったときのように、腹の底からかたかたと震えがきた。

「同情でも義務でも期限付きでもなんでもいいから、オレのこと見捨てないで……」

「だから、なんで俺が同情や義務でおまえの面倒をみなきゃならないんだよ」

怒ったような声で言い返されて、絶望感でますます胸が苦しくなった。

「…二階堂に見捨てられたら、オレ、生きていけない」

「演歌の女みたいなこと言ってないで、さっさとこっちに戻れ」

ぱたぱたとソファを叩いてみせる。とても寄り付けずにいると、ぐいと袖《そで》を引っ張られた。

「俺のことが好きなんだろう？　だったら言うとおりにしろ」

好きと告げるよりも、好きなんだろう？と問い質される方がさらに恥ずかしいことを思い知らされながら、朔矢は逆らいきれずにひっそりと二階堂の傍《かたわ》らに戻った。

目元のタオルを外される。目蓋《まぶた》がひどく腫《は》れぼったい感じだった。きっとひどい顔になっているに違いないと、朔矢はうつむいた。

「すげーみっともねー顔」

案の定、二階堂はずばりと言ってのけ、朔矢は性懲《しょうこ》りもなく傷ついた。

ふいと風のように気配が近付いてきた。

「二階堂……？」

冷淡な口振りとは裏腹なやさしさで、唇が額《ひたい》を掠《かす》めた。

一瞬、何が起こったのかわからなかった。一拍後、朔矢は仰天《ぎょうてん》して額を押さえた。

「な……」

「なんだよ。俺のこと好きなんだったら、もうちょっと嬉しげな顔すれば？」

「……なんで……？」

額に手をあてたまま、朔矢は呆然《ぼうぜん》とキスの理由を問い返した。二階堂はメガネを指で押し上げ、傲然《ごうぜん》と言った。

「理由なんか自分で考えろ」

「……オレがあんまりみっともなくて、可哀相《かわいそう》になったから？」

「アホ。全然反対だ。そんなみっともない顔したヤツに、同情や憐憫《れんびん》でキスできるか？」

「……同情じゃなかったらなんだよ」

「さて、なんだと思う？」

「…………」

「簡単なことだろ。理由を当てたら、望みどおり面倒みてやる」

淡々と告げる二階堂の声に、頭の中がますます混乱する。

キスをする理由なんて、大抵の場合ひとつに決まっている。けれどそのあたりまえの解答は、口にするのもはばかられるものだった。

どう考えても勘違いとしか思えない答えなのだ。下手に信用したら、きっと恥をかく。痛い思いをする。

二階堂自身が白黒はっきりつけてくれればいいのに、と願いながらそっと視線をあげると、すべてを見抜いたような目が朔矢を見ていた。

「市村が信じて認めなきゃ意味がない。信頼する気がないなら、俺を拠り所にしようなんて所《しょ》詮《せん》無理な話だろうが」

きっぱりと言われて、朔矢は言葉に詰まった。

家族のことも、友達のことも、誰一人として本気で信用したことがなかった。

さっき言われたことを思い出す。人を信頼しきれないのは弱さだというあの言葉。

信じられるだろうか。信じていいのだろうか。何があっても信頼できて、相手も自分を信じてくれる、そんな絆《きずな》を望むことが許されるのだろうか。

ゆらゆらと不安定な心に、朔矢は深呼吸で酸素を送り込んだ。

どうしたってもう何事もなかった状態には戻れない以上、選択肢は一つしかなかった。

「二階堂も――」

声が変に上擦《うわず》って、朔矢は小さく咳払いをした。

「二階堂も、オレのこと好きってこと？」

思い切って口にしてみた理由はけれど、やはりどう考えても自意識過剰な妄想《もうそう》のように響いた。朔矢はこぼした水を拭《ふ》き取《と》るように、慌てて自分の言葉を撤回《てっかい》にかかった。

「もちろん、そんなことないのはわかってるよ。ただ、キスする理由とかいったら、一般的にはそういうことかなって」

二階堂が何か言い掛けるのを、朔矢は怯《おび》えながら遮った。

「あ、だからもちろん二階堂はそうじゃないに決まってるけど」

「そういうヘンな予防線を張るのはやめろ。不愉快だ」

切って捨てるように言われて、その「不愉快」という響きに朔矢は竦《すく》み上《あ》がった。二階堂は失笑《しっしょう》を浮かべた。

「いちいちビクつかなくても、誰もおまえを傷つけやしないよ」

「………」

「今の答えでほぼ正解だ」

「……え？」

「おまえの情緒《じょうちょ》不安定と空元気《からげんき》は、どうも俺のアンテナに引っ掛かって仕方がない」

どう解釈《かいしゃく》すればいいのか混乱する朔矢に、二階堂は言葉を付け加えた。

「俺は長男なんだ」

唐突な台詞に、ますますわけがわからなくなる。

「おまけに両親も長男長女同士だから、いとこ連中も全員俺より年下ときてる」

「………」

「その結果、否応無《いやおうな》しにお守《もり》のエキスパートになっちまった」

「……それ、どういう意味？」

「つまり、ガキのお守は天職ってことだ」

「オレはガキじゃない」

「ガキ以外のなにものでもないだろう。すぐ泣くし」

「……泣かねーよ、普通は」

「そうなの？　俺はこの一ヵ月の間に三度も市村に泣かれてるけど？」

きまり悪いことを指摘され、言葉に詰まってしまう。二階堂は肩をすくめて、ちょっと笑った。

「おまえの情緒は、きっと一部が母親に傷つけられた五年前で成長停止してるんだよ」

バカにされているのかと思ったが、二階堂の手はぞんざいな口調とは裏腹なやさしさで、朔矢の頭をかきまわした。

「おまえがガキみたいにあぶなっかしくフラフラしてるのを見てると、気になって仕方がない」

「…………」

「カレー食いながらいきなり泣かれた時は、内心けっこうパニクったし。今日だって、突然帰りやがるから、わざわざこうやって立ち寄るハメになったし」

「……ごめん」

「謝るくらいならむしろ、俺の子守の労をねぎらって、礼を言え、礼を」

「子守……」

「なんだよ。不満なわけ？」

「……不満じゃない」

同情でも義務でもいいと言った言葉に嘘はない。たとえどんな理由でも、気にかけてもらえるなら、とりあえずはそれだけで嬉しい。

朔矢の髪を無造作にかき回していた指が、うなじに滑《すべ》り落《お》ちて動きをとめた。

「そういうおまえの方こそ、俺を好きとか言いながら、単に保護者を必要としてるだけなんじゃないのか」

「……そんなんじゃないよ」

「じゃ、どんなの？」

問われて再び言葉に詰まる。

「こんなの？」

笑いを含んだ声が近付いてきた。

今度のキスは、額ではなかった。

「……っ」

唇をふさぐやわらかい感触に、一瞬、覚えのある恐怖が脳裏をかすめる。

無意識に相手を押し退けるように動いてしまった手を、あたたかい手がやんわりとつかんで握りこんだ。

その手も、唇に触れる体温も、義兄のものとはまるで違った。

とたんに恐怖は、安堵《あんど》とくすぐったい緊張感へと変化した。

普通の二階堂からは想像しがたい官能的なキスだった。舌先で上唇を舐《な》められて、朔矢は生まれて初めて、キスを気持ちがいいと思った。触れ合った場所から、身体がとろけていきそうな感じだった。

やがて小さな音をたてて、唇が離れた。

頭の中がぼんやりとして、目の焦点《しょうてん》がうまく合わない。

どんな顔をしていいのかわからず、視線をうろうろさせる朔矢とは対照的に、二階堂は顔色ひとつ変えず、メガネを直しながら言った。

「消毒終了」

「…………」

放心状態の朔矢を眺《なが》めながら、二階堂は小さく笑った。

「いつだったか『慣れてる』とかうそぶいてやがったけど、てんでガキじゃんよ、おまえ」

「……ガキガキって言うなよ」

朔矢は赤面しながら、手の甲で唇をぬぐった。

「だったらいい加減、ガキを脱皮して、妙なトラウマから卒業してみたらどうだ？」

「……そんな簡単にはいかないよ」

「いくさ。さっきの問題、正解したから協力してやるよ。もっとも、こっちがいくら手出ししたって、おまえ自身が俺を信用しなきゃ意味がないけど」

「……してるよ」

鹿爪《しかつめ》らしく朔矢が答えると、二階堂はひょいと肩をすくめて、何事もなかったように朔矢の首筋から手を離した。

「だったらまずは数学だよ」

「え？」

「さっさと教科書を出せ。脳味噌から大人にしてやる」

感情の整理をつける間もなく、二階堂は朔矢の鞄に顎をしゃくった。

せかされて機械的に教科書を出しながら、煙《けむ》にまかれたような気分だった。

はぐらかされたのか、肯定してもらえたのか、何やら曖昧《あいまい》でつかみどころがない。

それでも、二階堂の唐突な話題転換のおかげで、最前までの深刻さがあっという間に払拭《ふっしょく》されて、日常の他愛無い《たわいな》空気が戻ってくる感覚は、朔矢をほっとさせた。

「ほら、さっさと開け」

促《うなが》されるままに、教科書を広げる。

おかしな気分だった。

結果がいいにしろ悪いにしろ、告白という行為はそれ自体が結末なのだとどこかで思い込んでいた。

けれど実際には、何かが終わるどころか、すべてが始まったばかりのように思えた。

「どうせあさってからゴールデンウィークじゃん。勉強なんかどうでもいいのに。イテッ」

照れ隠しの強がりで、わざと気怠《けだる》そうに言うと、下敷きの角で頭を叩かれた。

「連休が明ければ、またすぐ授業があるだろうが」

「そうだけどさ」

「そういえば、連休は何してるんだ？」

「……別に何も」

義兄のことや、最前の義父とのやりとりを思い出すと、とても実家に帰る気分にはなれなかった。

「予定がないなら、旅行につきあえ」

「え？」

「栃木《とちぎ》のばあさんのところに、年に一度のご機嫌伺《うかが》いに行かなくちゃならないんだ。荷物持ちに連れていってやる」

「なんだよ、荷物持ちって」

眉《まゆ》をしかめてみせながらも、胸の中がわくわくとあたたかくなる。

二階堂と一緒の休日を過ごせるなんて、想像するだけで口元がゆるんでしまう。

義父とのいさかいの不安はまだ尾を引いていたが、二階堂と一緒にいると、その不安も薄められていくような気がした。

「じゃ、二十三ページ」

二階堂はすぐに元の話題に戻って、教科書を指差した。
子供じみた舌打ちをしてみせながら、朔矢は二階堂と同じページを開いた。
新しいページを開く感覚は、朔矢が今感じている不思議な気分と似ていた。

誰かを信じてみようと思うだけで、急に視界が開けていく。
何も変わらないようで、何かが大きく変わり始める。

anchor

アンカー

「うるさいんだよ、このガキ！」

怒鳴り声とともにいきなり鼻をつままれて、朔矢《さくや》は眠りから引きずり起こされた。

ぼんやりとした視界に、黒ずくめの人影が見える。逆光に、メガネが冷たい光を放った。

寝呆《ねぼ》けた頭で一瞬悪魔の襲来《しゅうらい》かとうろたえたが、よく見ればそれは詰《つ》め襟《えり》の制服に身を包んだ隣人だった。

「……人の部屋で何してるんだよ、二階堂《にかいどう》」

「何してるじゃねえよ。朝からテレビの音量をマックスにするな、アホ」

言われてみれば、リビングから賑《にぎ》わしい音が響いている。

起こしてくれる家族のいない朔矢は、目覚まし代わりにテレビやコンポのタイマーを活用しているのだが、もはやその音にも慣れっこになってしまい、ほとんど効果がなくなっている。

「さっさと起きろ。遅刻する」

二階堂は容赦《ようしゃ》なく毛布をはぎとり、きびきびとカーテンを開いた。

眩《まぶ》しさに目をすがめていると、頭の上からハンガーごと制服が降ってきた。

「五秒で着替えろ」

無理な司令を下して二階堂は寝室を出ていく。どうやらテレビも二階堂の制裁を食った様子で、音量が小さくなった。

指の先まで寝呆けた朔矢は、五秒どころかたっぷり五分を着替えに要し、それでもまだ朦朧《もうろう》としながら部屋を出た。

ふわりとコーヒーの匂《にお》いが鼻をかすめる。

ダイニングテーブルでは、二階堂が我がもの顔でコーヒーを飲みながら、教科書を広げていた。

「……どこから入ってきたんだよ？」

一度この部屋に来たことのある二階堂が、カップやコーヒーのありかを知っているのはわかるとしても、鍵《かぎ》のかかった室内にどうやって入ってきたのかは謎《なぞ》である。

侵入経路を訝《いぶか》って辺りを見回すと、メガネの奥の切れ長の目が、蔑《さげす》むような一瞥《いちべつ》を投げてきた。

「ベランダ。不用心にも網戸になってた。おかげでテレビの音がガンガン外に洩《も》れて、迷惑千万だ」

「……悪かったよ」

二階堂には怒られてばかりだと悄気《しょげ》ながら、朔矢はテーブルの上に反撃の糸口を見つけた。

「それ、今日の英語の課題？　珍しいね、二階堂が今頃やってるなんて」

課題を忘れて直前になって焦《あせ》るのは、朔矢にとっては日常茶飯事《さはんじ》なのだ。ついつい自転車操業の自分と重ね合わせて茶化すと、再び冷ややかな視線に照射された。

「暇《ひま》つぶしに予習してただけだ」

そう言われてよくよく見れば、まだ一学期の半《なか》ばだというのに、広げられたページは後ろから数えた方が早いような位置だ。

「……あんたってさ、マジ嫌なやつだよな」

「何か言ったか？」

「なんでもねーよ」

憮然《ぶぜん》と返してインスタントコーヒーのビンに手を伸ばすと、シャープペンシルの先で手の甲を突かれた。

「イテッ。何すんだよ」

「先に顔を洗って、そのヒヨドリみたいな頭を直してこい」

朔矢は舌打ちして、洗面所に向かった。

鏡の中の顔は、いかにも寝起きらしく間が抜けている。髪は逆立ち、まぶたと唇がはれぼったくつるりとして、頬《ほお》にはシーツの凹凸《おうとつ》がくっきりとプリントされていた。

こんな間抜けたバカ面《ヅラ》を見られたのかと、今更《いまさら》ながら少々きまり悪くなる。濡《ぬ》らした手櫛《てぐし》でなんとか髪を押さえたが、ほとんど効果はなかった。

適当なところで諦《あきら》めてダイニングに戻ると、朔矢の席には湯気の立ったコーヒーカップと、ラップの包みが並べてあった。

「これ、なに？」

「朝飯」

二階堂は辞書をめくりながら、無機質な声音で答えた。

「隣の騒音を止めに行くと言ったら、おふくろに無理矢理持たされた」

こんがり焼けたトーストに、トマトとベーコンエッグが挟《はさ》まっている。ラップの内側が蒸気で白くくもり、手に取るとまだほのかに温かかった。

「二階堂は？」

「とっくに食った」

そんなの常識だと言わんばかりの目付きである。

『とっくに食った』余裕は、身なりにもあらわれている。

シーツの毛羽《けば》が付着した埃《ほこり》っぽい制服をだらしなく羽織った朔矢とは対照的に、二階堂はブラシをかけた詰め襟のボタンをきっちりと留めている。寝起きの片鱗《へんりん》などまったく窺《うかが》えない、隙《すき》のない様子だった。

やおら辞書を閉じ、二階堂は腕時計に目を落とした。

「十秒で食え。遅刻する」

「そんなの無理に決まってるじゃん。なんでもかんでも秒単位で仕切るなよ」

反論しながら、朔矢はサンドウィッチに齧《かじ》り付《つ》いた。

「んー、おいしー」

「ボタボタこぼすな」

二階堂は舌打ちして、ティッシュの箱を放ってよこした。

「二階堂って小言ばっか言って、オバサンみてー」

憎《にく》まれ口《ぐち》を叩くと、冷ややかな視線が返ってきた。

「おまえこそ、すべてがまるで三歳児だな。幼稚園からやり直すか？」

「……なんだよ、意地悪ババア」

「あと二秒だ」

小憎らしい声に急《せ》き立《た》てられてサンドウィッチを口に押し込むと、トマトの汁《しる》が喉《のど》のおかしなところにはりついた。

朔矢は思わずむせ返り、目の前のカップに手をのばした。その手の先から、二階堂がさっとカップを引いた。

新手の意地悪かと、咳《せき》で涙目になりながら顔をあげると、二階堂は無造作に自分の飲み残しの方を渡してよこした。

切羽詰《せっぱつ》まって受け取ったカップの中身を飲み干して、朔矢は二階堂の不可解な行動の意味に気付いた。

慌《あわ》てて口にするには、朔矢のカップの中身は熱すぎたのだ。

やさしく幸せな気持ちが、朔矢の胸を満たした。

家族関係の歪《ゆが》みゆえか、朔矢は心密《ひそ》かに子供のように誰かに甘えたいという願望を持っている。

その願望をうまく満たしてくれたのが二階堂だった。

憎まれ口を叩いてみせながらも、二階堂に小言を言われたり世話を焼かれたりすることは気持ちがよかった。

テレビの音量を上げすぎたこともベランダの鍵を掛け忘れたことも故意ではないが、そのせいで二階堂が小言を言いにきてくれた幸運を思うと、今度はわざとやってみようかなどと、冗談半分で考えたりしてしまう。

「ほら、行くぞ。おまえのせいで俺まで遅刻する」

冷ややかに突き放すような、そんな言葉さえ嬉しくて、朔矢は嬉々《きき》として寝室に鞄《かばん》を取りに向かった。

「そういえば」

ふと思いついたという口調で、二階堂が後ろから声をかけてきた。

「浩二《こうじ》がゴールデンウィークの写真を焼き増ししたって言ってたぞ」

その何気ない一言に、浮かれていたテンションが一気に下降線を辿《たど》る。

一週間ほど前のゴールデンウィーク、朔矢は栃木《とちぎ》に住む二階堂の祖母の家に誘《さそ》われた。話が出たのが破れかぶれの告白をした直後だったので、朔矢は勝手に二人きりの道中を想像して、きまり悪いような幸福感に浸《ひた》っていたのだ。

ところが当日の朝迎えにきた二階堂は、中学生の弟と一緒だった。しかも、駅に行く途中に小学生の従弟《いとこ》二人をピックアップしての、賑《にぎ》わしい一行となった。

浅草から乗った特急列車の中、年少の三人はひっきりなしに笑い転げ、ゲームに興じ、飲んだり食べたりと、片時も落ちついていなかった。

告白をしたときには、あれほど赤裸々《せきらら》に自分の感情をあらわにできたのに、いったん理性を取り戻すと、朔矢はなかなか素直になれなかった。

本当は二人きりがよかったなどという心中を表に出すのはひどくみっともない気がした。ましてや小学生を前に拗《す》ねてみせるわけにもいかない。

それどころかむしろ、女々しい願望を抱《いだ》いていることに後ろめたさを覚えて、その罪《つみ》をあがなうかのように、浩二や従弟たちに混じって大はしゃぎをしてみせた。

二階堂は一人騒ぎから離れて文庫本を読んでいて、騒ぎが度を越すと面倒《めんどう》そうに叱《しか》り付《つ》けてきた。

小学生と同等に叱り飛ばされながら、朔矢は二階堂の面倒見のいい性格を再認識し、自分が特別だなどと一瞬でも思うのはもしかしたら勘違いかもしれないと、なんとなく落ち込んでしまった。

二階堂の田舎《いなか》はいいところだったが、そのあたたかい家族の様子が、朔矢を切なくさせた。

気さくな祖母。二階堂と同様に誰かれ隔《へだ》てなく可愛《かわい》がったり叱ったりする伯母《おば》夫婦。

一見平穏を装いながら、その水面下では常にお互いの腹を探り合っているような朔矢の家とは、対極にある光景だった。

根が八方美人の朔矢は、落ち込めば落ち込むほどそれを隠すようにはしゃいで楽しげに振舞い、夜にはすっかり疲れ切ってしまった。

滞在は三泊の予定だったが、とても神経が保《も》たない気がして、朔矢は翌朝、一人で先に帰ることに決めた。

『土橋《どばし》たちと約束してたの、すっかり忘れてたんだ』

適当な言《い》い訳《わけ》をでっちあげながら、嘘《うそ》を見抜かれはしないかと後ろめたい気分になったが、

『そうか。じゃあな』

拍子抜けするくらいあっさりと、二階堂は答えた。

一言も引き止めてくれなかったことが朔矢をますます落ち込ませ、帰りの電車の中でもずっと気が晴れなかった。

自分でも、暗いなぁとは思うのだ。引き止めてもらうために帰る素振《そぶ》りをするなど、姑息《こそく》きわまりない。

けれど希望をストレートに口にするのは、朔矢にはなかなか難しいことだった。

「何をボケボケしてるんだよ。行くぞ」

声をかけられて、朔矢は物思いから引き戻された。

「あ、うん」

ぴんと背筋の伸びた後ろ姿を追いかけながら、朔矢は複雑な気分になった。

こうして二階堂に構ってもらえるのはとても嬉しいことなのだ。けれど自分が特別な存在だという確信が、どうしても持てない。

あの不様《ぶざま》な告白以降、二階堂からその手の話題を振られたことは一度もない。朔矢の方も、自分の世にも格好悪い姿を反芻《はんすう》するのがいやで、その話題には触れられずにいた。

あれからまだ十日ほどしか経《た》っていないのに、あの日のことはまるで遠い昔にみた夢のように思えた。

疑心暗鬼な自分を戒《いまし》めるように、朔矢はそろそろと十日前のその恥ずかしい記憶を呼び戻した。

朔矢の告白に二階堂がキスで応《こた》えてくれたのは、夢でもなんでもない事実なのだ。

あの時、二階堂を信じると決めたのだ。それをまたこんなふうに疑ってかかるのは、自分の悪い癖《くせ》だ。

いきなりパチンと額を叩かれた。ぼうっとして、二階堂が目の前に戻ってきていたことにも気付いていなかった朔矢は、思わずよろけて数歩あとずさった。

「何すんだよっ」

「まだ眠気が覚めないってツラだから、気合いを入れてやろうと思って」

「とっくに覚めてるよ。……そんで写真って今日貰《もら》いに行っていいの?」

些細《ささい》なことでうじうじしている自分がいやで、わざと自分の方から楽しげに口にしてみる。

言ったとたん、今日の放課後は別の友人たちと約束があったことを思い出した。

本当はどうでもいいような約束なのだが、二階堂のことばかりを考えているわけではないというポーズを自分に対してとりたかった。

「やっぱ今日はダメだ」

「俺も今日は部活で遅くなる」

「じゃ、明日寄っていい? ついでに物理教えてよ。マジで中間テスト、ヤバそうだし」

何気ない会話の平穏と、二階堂との関係をどうとらえたらいいのかわからない不安定な気持ちの狭間《はざま》で、朔矢はふわふわ揺らいでいた。


ドーナツショップの入り口を、乱雑に停められた十数台の自転車が半分ふさいでいる。

三つの高校の通学路になっているこの通り沿いは、放課後はいつもこんな有様なのだ。

入り口の正面に停められた自転車の前籠《まえかご》に、通りで無理矢理押しつけられた美容院のチラシを放りこんで、朔矢は店に入った。

「よう、朔ちゃん」

「こっちだ、こっち」

壁ぎわの席から、土橋と三島《みしま》が手を振ってよこした。油とコーヒーと煙草《たばこ》の匂《にお》いが漂《ただよ》う店内の喧騒《けんそう》をかきわけて、朔矢は席に辿《たど》り着《つ》いた。

「久しぶりじゃん、朔矢」

三島に尻《しり》を叩かれて脚《あし》を蹴《け》り返《かえ》すと、今度は土橋がペーパーナプキンを丸めて投げてきた。

「最近付き合い悪いよな、こいつ」

「この前ゲーセン行ったばっかじゃん」

言い返しながら、固くて座りごこちの悪い木製のベンチシートに腰をおろす。

「あれはゴールデンウィーク前だろ。二週間も前のことを『行ったばっか』ってさ、ジジイじゃないんだから勘弁しろよ、その時間感覚」

「だって朔ちゃん、最近二階堂の旦那《だんな》とよくつるんでるじゃん」

「そうそう、休み時間にひそひそ話し込んじゃって」

「あれはノートを写させてもらってるだけだよ」

「今朝なんか二人で仲良くご登校じゃん」

「もうオレらみたいなチンピラとは付き合えないってか」

「何言ってんだか。今日だってこうやって付き合ってるじゃん」

「そりゃ、本日はエサがあるからでしょう」

土橋の発言に三島がにやにや笑いを浮かべた。

自分に求められている当然の反応として、朔矢も「まあな」とにやりとしてみせる。

今日は飯島《いいじま》が、女子校に通う一つ年下の従妹《いとこ》とその友達を連れてくることになっているのだ。

一応つきあっている相手がいるのだから、朔矢には合コンに顔を出す理由はないのだが、そこは色々と事情がある。

広く浅くが基調の朔矢の友人関係の中では、このメンバーはクラスメイトということもあって比較的親しい方で、その誘《さそ》いを断るのはなんとなく気が引ける。独《ひと》りが嫌いな朔矢としては、確保しておきたい友人である。

それに、つきあっているとはいっても相手が同性である以上、四六時中二階堂にばかりくっついて回るわけにもいかない。

そもそものつきあっているという前提からして、確信を持てずにいるくらいなのだ。

「あ、来た来た」

三島の声に顔を上げると、飯島が女の子を従えて店に入ってくるところだった。

「うおっ、制服、ちょーカワイイじゃん」

「あの右側が食いてー」

ひそひそ声で囃《はや》す友人たちに、朔矢も同調するように笑ってみせた。

「朔ちゃん、久しぶりじゃん」

飯島は朔矢の頭を一つ叩き、得意げな様子で女の子たちを紹介した。

女の子たちは、飯島に名前を呼ばれては笑い、自己紹介をしては笑い、めくばせを交わしあっては笑い、まるで矢継ぎ早にあがる打ち上げ花火のようなかしましさである。

賑《にぎ》やかで華やかな女の子の集団を眺《なが》めているのは楽しかったが、ミカだのミホだのと似たような名前は、紹介される傍《そば》から頭のなかでこんがらがり、すぐに見分けがつかなくなった。

「しかしさ、六人掛けの席に八人はムリだよな」

「じゃ、男女別にジャンケンして、勝者二人でツーショットってのは？」

運がいいのか悪いのか、こういう時に限って朔矢は勝ち残ってしまう。

「オイシイよな、朔矢は」

「ミカちゃんひゅーひゅー」

それぞれの友人たちの無責任なひやかしを浴びながら、朔矢は小柄な女の子と二人掛けの席に移動した。

不思議なもので、女の子は集団でいる時よりも一人でいる方が、おとなしやかで聡明《そうめい》そうに見える。

「何か飲むもの買ってきますね」

「あ、オレが行くよ。何がいい？」

「えーと、それじゃ、紅茶」

朔矢はカウンターに行って、紅茶とプレーンなドーナツを二つずつ買って席に戻った。

「ありがとう」

座ったまま、にこにことトレーを受け取り、ミカは「おもーい」と甘えたような声をあげた。

「市村《いちむら》さん、片手で軽々持ってくるから、もっとカルいのかと思っちゃった」

「そうか」

「やっぱり男の人の力ってすごいですね」

大げさな褒《ほ》め言葉に苦笑してみせると、ミカは新たな興味の対象を発見した様子で目を輝かせた。

「すごーい。ハニーディップのドーナツ、大好きなの。市村さんどうして私の好みがわかっちゃうの？」

「超能力。……と言いたいところだけど、ただの偶然だよ」

「でもすごーい」

ひとしきり感心して、ミカはシュガーポットに手をのばし、再び「おもーい」と顔をしかめた。

朔矢はその手からポットを取り、紅茶に砂糖を入れてやった。さらに、ドーナツでべとつく手元にペーパーナプキンを渡してやると、ミカは嬉《うれ》しげな視線で朔矢を見上げてきた。

すっかり気を許した様子で、ミカはあれこれとおしゃべりを始めた。友人たちのこと、学校のこと、好きな芸能人のこと、テレビドラマのこと。

アーチ形の繊細《せんさい》な眉《まゆ》や、華奢《きゃしゃ》なのにふっくらとした女らしい手を鑑賞しながら、朔矢はくるくると変わる話題ににこやかに相づちをうった。

同級生の男友達の中では子供っぽく見られがちな朔矢だが、年下の女の子の目にはそれなりに頼もしく見えるようだった。

そのことに悪い気はしない。男として、庇護欲《ひごよく》を刺激する女の子は決して嫌いではない。けれど、好き嫌いと得手不得手はまた別のものでもある。

女の子に甘えられるのは好きだが、反面ひどく神経の疲れることでもあった。どちらかといえば、朔矢は甘えられるよりも甘えたいタイプの人間だった。

ふと二階堂の顔が頭をよぎった。

たとえば今、向かいにいるのが二階堂だったら、砂糖を入れてもらったりペーパーナプキンをとってもらったりするのはおそらく朔矢の方だ。

長男気質という二階堂が、面倒臭《めんどうくさ》さをあらわにしながらも世話を焼いてくれる様子が目に浮かぶようだった。

二階堂といるときの自分の方が、朔矢にとっては居心地がよくて自然な姿だという気がする。とはいえ、その「自然」はあくまで朔矢の気持ちにおいてということだ。実際には、男二人で向かい合って、世話を焼かれながらお茶を飲んでいる光景などは、不自然きわまりない。

「ねえ、市村さんの時計、かわいいですね」

ミカが可愛《かわい》らしく甘える声で言った。

「これ？　フリマで三百円で買ったヤツ」

「うそー。見せて見せてー」

白くてひんやりとした女の子の指が、朔矢の手首を遠慮《えんりょ》がちにさぐってくる。

離れた席の六人は、朔矢たちのことなど忘れたかのように、何やら楽しげに盛り上がっていた。周囲の客や店員も、朔矢たちの動向になどまるで注意を向けてこない。

女の子とのツーショットならば、こんなふうに違和感なく、空気に溶け込めてしまう。四六時中一緒にいても、甘えたり甘えられたりしても、誰はばかることもない。

そこでまた、二階堂の顔が頭に浮かんだ。

朔矢は二階堂のことが好きで、二階堂もその気持ちを受け入れてくれた。

けれど思いが通じたからといって、四六時中つきまとうわけにもいかないし、こんなふうに何気なく手を触れ合ったりすることだってできない。

周囲からどう思われるかわかったものではないし、何より二階堂に嫌がられそうだった。男同士であること、そして自分の方が甘えたい願望を抱《いだ》いていることに、朔矢は後ろ暗い罪悪感《ざいあくかん》を拭《ぬぐ》いきれずにいた。

そう考えると、結局、告白などしてもしなくても大差なかったような気がして、なんとなく落ち込んでしまう。

ミカのかわいい冗舌《じょうぜつ》は楽しく心地よく、そして少しばかり退屈だった。

笑顔で相づちをうちながらも、気がつくと視線がぼんやりと窓の外を向いてしまっていたりする。

五月の日は長く、六時近いというのに通りにはまだ陽射しがあった。隣のマンションの植込みの夾竹桃《きょうちくとう》が気の早い花を二つ三つ咲かせて、夕方の風にゆらゆら揺れていた。

こんなふうに過ごすひとときも、決して嫌いではない。けれどもったいないなという気もしてしまう。

同じぼんやりするにしても、朔矢には一緒にいたい相手がいるのだ。

つまらない見栄やしがらみで、無駄な時間を過ごしていることが、ひどい浪費のように思えてもどかしくなってしまう。

HR《ホームルーム》が終わったとたん、教室の中には椅子と机のきしる音が賑《にぎ》やかに響きわたった。

急ぎの約束でもあるのか鞄《かばん》を摑《つか》んで駆け出していく女生徒、人目も気にせずやおらジャージに着替えだす運動部員。座ったまま雑談に興じる一群。

放課後のざわつく空気の中、朔矢《さくや》は帰り支度《じたく》をする二階堂《にかいどう》を目で追いながら、声をかけるタイミングを見計らっていた。

昨日約束した通り、二階堂の家に写真を受け取りにいくことを確認するだけのこと。なのに妙に緊張《きんちょう》してしまう。

要するに、目的が写真ではないことが後ろめたいのだ。それを口実にすれば一緒に帰れるし、あがりこんでしばらく一緒に過ごせるかもしれない。そんな女々しい下心を抱《いだ》いている自分が後ろ暗い。

甘えたがりなくせに、朔矢には妙に見栄っぱりなところがある。

今朝《けさ》だって、またテレビのボリュームをマックスにすれば二階堂が文句を言いに来てくれるかもしれないなどと思いながら、そんなみえみえの手を使うのはプライドが許さなかった。

自分の甘えた願望を戒《いまし》めるように、テレビのタイマーを切り、ベランダの窓にもきっちりと鍵《かぎ》を掛けて寝た結果、今朝はものの見事に寝坊して遅刻してしまった。

そのまま、二階堂と話すタイミングを逸して、今に至っている。

どうやら告白以降、自意識過剰《かじょう》が悪化してしまっているようだった。

とにかくさり気なく、と自分に言い聞かせて一歩踏み出したとたん、後ろから襟首《えりくび》をひっぱられた。

「朔ちゃーん、昨日はイイカンジだったじゃん」

飯島《いいじま》が、にやにやしながら立っていた。

「どうよ、ミカちゃん？　ミスドでもカラオケでもツーショットでさ、すげー似合ってたぜ」

「ああ、うん」

二階堂が鞄を手にして立ち上がったのに気を取られて、朔矢はうわの空で返事をした。

「なにテレちゃってんだよ。なんかミカちゃんの方も好感触《こうかんしょく》っぽかったぜ。よかったらオレがつなぎつけるけど？」

「うん、考えとく」

適当に答えて、朔矢は教室を飛び出した。

二階堂の姿勢のいい後ろ姿が、昇降口の方に曲がるところだった。

朔矢は足早にそのあとを追い、昇降口の手前で何食わぬ様子で歩調をゆるめた。

二階堂は屈《かが》んで靴《くつ》ひもを結んでいるところだった。

「あれ、二階堂も今帰り？」

靴を取り出しながら、何気なく話し掛ける。

二階堂は目線だけあげて、特に興味もなさそうな一瞥《いちべつ》をよこした。

「そういえば昨日の写真の件だけど、今日もらいに行けばいいんだっけ？」

今思いついたという口調で訊《たず》ねると、二階堂の方も今思い出したという顔になった。

「ああ、浩二《こうじ》に頼まれてたんだった」

やおら鞄を開き、中から茶封筒を取り出した。

考えてみれば、写真の受け渡しなどわざわざ家を訪ねなくてもできることだった。

あっけなく手渡されてしまった写真のおかげで、朔矢はすべての口実を失ってしまった。

「……サンキュー。いくら？」

「いらねーよ」

「…………」

ぶっきらぼうな物言いが性格なのはわかっているが、二階堂に淡々とあしらわれると、朔矢はなんだかおどおどとなってしまう。

「あー、ええと、ありがとう。じゃあな」

靴の踵《かかと》を踏んだまま、ぎくしゃくと歩きだす。

「おい」

呼び止められて、びくりとなった。

「なに？」

「じゃあなって、どこか行くのか？」

「帰るんだよ」

「だったら方向同じだろうが」

「…………」

「大体、今日は物理を教えろとか言ってたんじゃなかったのか」

あっけなく指摘されて、朔矢は我知らず赤くなった。

どうやら二階堂を意識するあまり、自分の言動に神経質になりすぎているらしい。一緒に帰るのも、勉強を見てもらうのも、それ自体は何ははばかることはないのに、自分の中にやましい部分があるためか却って不自然な態度をとってしまっているようだった。

少しほっとして、朔矢は二階堂と肩を並べて学校を出た。

浮き立つ気分と、元々沈黙が苦手というのがあいまって、朔矢は歩いている間も、電車の中でも、とりとめのない話題を盛んにまくしたてた。

二階堂は興味なさげな仏頂面《ぶっちょうづら》をしているのだが、時々返ってくる返事や質問から、きちんと聞いてくれていることがわかる。それが嬉しくて、朔矢はますます冗舌《じょうぜつ》になった。

マンションのエントランスに入ると、二機あるエレベーターが珍しくどちらも同じ六階に止まっていた。

「どっちが先に来るか賭《か》けようぜ」

朔矢ははしゃいでボタンを押した。

「負けた方が明日の昼飯をおごるとかさ」

「……ったくいちいちガキくせーな、おまえは」

「なんだよ」

「じゃ、右」

「あ、ズリィ」

興味なさそうなポーカーフェイスのまま、右の階数表示が下降しはじめたとたんに二階堂はフェイントをかけてきた。

巻き返しもかなわず、あっけなく右のエレベーターの扉が開いた。

「あら、朔ちゃん」

「おにいちゃんだっ」

中から現れたのは、朔矢の母親と妹の理佳《りか》だった。

「おにいちゃんだ、おにいちゃんだー」

小学三年生の理佳は、年が離れている分無邪気《むじゃき》に朔矢の腕にまといついてくる。

真っ黒いさらさらの髪を撫《な》でながら、朔矢は少し驚いて目をしばたたいた。

「どうしたんだよ、こんな普通の日に」

母親が来るのは、大概《たいがい》土曜日と決まっているのだ。

「山形の伯父《おじ》さんから、はしりのサクランボをたくさんいただいたのよ。おいしいうちに朔ちゃんにも届けようと思って」

「あのねー、つやつやでホーセキみたいなんだよー」

朔矢の関心を引きたいらしく、理佳が腕にぶらさがって次々とまくしたててくる。

「理佳ね、さかあがりができるようになったんだよ」

「へえ。すごいな」

「今度おにいちゃんにもみせてあげるー」

「ああ」

「それでね、このまえ算数のテストで百点とって、おとうさんがドリームキャスト買ってくれたの。すっごいおもしろくって、毎日あそんでるんだよ」

「よかったな。だけどあんまりやりすぎるなよ。目が悪くなるぞ」

背後で、二階堂がかすかに笑ったような気配がした。

「うん。おとうさんと約束して、一日二時間までって決まってるの」

「そうか」

「今度帰ってきたとき、おにいちゃんもいっしょにあそぼうね」

「ああ」

「いつ帰ってくる？」

無邪気に問われて、朔矢は返事に困った。

「そうよ、朔ちゃん。好き勝手してちっともうちに寄りつかないんだから」

母親までたしなめ顔で言う。そのあとふと表情を曇《くも》らせ、理佳を気にしてか声をひそめた。

「ねえ、本当は私が再婚したのが気に入らないの？」

朔矢は驚いて、目をしばたたいた。

「何言ってるんだよ、いまさら。そんなわけないだろ」

「だったら週末くらいは帰ってきてよ。一人で勝手ばっかりして、お義父《とう》さんや勇一《ゆういち》さんにだって失礼じゃないの」

「…………」

「おかあさんだって肩身が狭《せま》いのよ。息子をこんな贅沢《ぜいたく》なところに住ませてもらって、しかも不義理ばっかりで」

帰れないのはその義父と義兄のせいなのだが、そんなことはもちろん口には出せない。

母親の口ぶりからして、少なくとも家の中でその件が露見《ろけん》していることはまだないようで、朔矢は少しほっとした。

母親はこの一年で少しふっくらとして、表情がやわらかくなった。

妹も、新しい父親とすっかりうちとけている。

せっかくうまくいっている家庭を壊《こわ》すくらいなら、わがまま勝手な息子だと母親から顰蹙《ひんしゅく》を買っている方がよほどましだ。

善人ぶっているわけではない。優しさではなく、それは朔矢の弱さなのだ。母親の脆《もろ》さを知っているから、また傷つけて自分が加害者になるのが恐いのだ。

「わかってるよ。近いうちに帰るから」

口から出任せを言って、朔矢は閉まってしまったエレベーターのボタンを押し直した。

「とりあえず寄っていってよ」

「わーい」

理佳がぴょんぴょんととびはねる。その腕を母親が摑んだ。

「ダメよ、理佳、理佳ちゃん。今日はスイミングでしょ」

「えー、理佳、おにいちゃんとあそびたいよー」

「お義父さんにおねだりして行かせてもらってるスイミングじゃないの。お休みしたらだめでしょ」

「だってー」

「お兄ちゃんとは、またいつでも遊べるんだから。ね?」

同意を求められて、朔矢は頷《うなず》いてみせた。

「そうだよ、理佳。今度にいちゃんとドリキャスやろうな」

さらさらの髪をかきまわしてやると、理佳はくすぐったがって身をよじり、カスタネットのような軽快な笑い声をたてた。

「約束だからねー」

ちぎれるくらいに手を振って、理佳は母親とマンションの玄関を出ていった。

気抜けしたため息をついて振り向くと、そこにいながら透明人間のように気配を消していた二階堂が、メガネごしに意味ありげな一瞥をよこした。

「……なんだよ」

「いや、面白《おもしろ》いなと思って」

「何が」

「兄貴ぶったおまえっていうのが、なかなか新鮮で」

小馬鹿にしたように鼻先で笑って、コメントを付け加えてくる。

「子犬が子猫をあやしてるって感じの、メルヘンな絵だったぜ」

「……やなヤツ」

「それほどでも」

「ムカつくんだよな。いっつも人のことバカにして」

「悪かったな。まあ、なにも無理してそんなヤツから物理を教わったりすることはないぞ。じやあな」

扉が開いたエレベーターにさっさと乗り込んでしまう。

「うそうそっ。オレ、二階堂センセイみたいに親切な人に会ったことなーい」

「……口調がすでに空々しいんだよ」

「そんなことないって。あ、ねえ二階堂、サクランボ好き？　お裾《すそ》分《わ》けのお裾分けで半分持ってくるから待ってて」

振り向いた姿勢のまま六階で止まったエレベーターからおりようとした朔矢は、開ききっていない扉にこめかみから衝突《しょうとつ》して、後ろに弾《はじ》きとばされた。

「イテッ」

「……笑いを取ろうとしてるのか、おまえは」

足を踏まれた二階堂が、バランスを崩した朔矢の身体を抱き留めながらメガネごしにうんざりしたような一瞥をよこした。

「ごめん」

「……ったく」

そっけなく朔矢の身体を押し返し、靴の甲を払いながら、二階堂はどうでもよさそうに朔矢を見上げた。

「大丈夫か？」

「え？　あ、全然。そっちこそ思い切り踏んじゃったけど、平気だった？」

「アホ」

「は？」

「誰もおまえの身体の心配なんかしてねーよ。おふくろさんのことでまたぐじゃぐじゃ考えてるんじゃないかと思っただけだ」

朔矢が答えられずにいると、そのまますたすたと自分の部屋の方に歩いていってしまう。

一瞬ぽかんとしたのち、うずうずと幸せな気持ちがこみあげてくる。

無愛想《ぶあいそう》に突っ立っていただけだと思っていたのに、母親とのやりとりを気にかけていてくれたことが、嘘《うそ》のように嬉しい。

「すぐ行くから待ってて」

朔矢はうかれた歩調で自分の部屋に駆け込み、鞄を放り投げて、冷蔵庫を開いた。

佐藤錦《さとうにしき》の段ボールを摑み出して、二階堂の部屋に取って返す。

ドアホンを押すと同時にドアが開いた。

「あ、市村《いちむら》さん。いらっしゃーい」

弟の浩二が、愛想《あいそ》よく迎えてくれた。

中学二年という気難しい年ごろの少年には珍しく、浩二は社交的で人懐《ひとなつ》こい。

あの二階堂の弟というからには、妙に大人びてこまっしゃくれたヤツに違いないという朔矢ある。


の想像は、連休の旅行での初対面で裏切られた。

武骨で無愛想な兄とは対照的に、弟の方は無邪気ないたずら坊主で、年相応のかわいげがある。

唯一《ゆいいつ》血のつながりを感じさせるのは、切れ長の目が印象的な端整な顔立ちだった。

「出掛けるとこ？」

「うん。これから塾なんだ」

言いながら、朔矢の手元を覗《のぞ》き込《こ》んで目を輝かせた。

「ぎゃーっ、サクランボ！」

「好き？」

「死ぬほど好き。ねえ、それ食っていいの？」

浩二は朔矢と一緒になって靴ひもを解きだした。

「もちろんいいけど、塾、平気なのか？」

「平気っすよー、五分や十分」

浩二はいそいそと朔矢の手から紙箱を受け取った。

「にいちゃーん、市村さんが来てるよ」

奥の部屋から二階堂が出てきた。もうすでに制服からニットに着替えている。

「狭い家ででかい声出すなよ、チビ」

「チビとか言うな。自分がバカでかいからって…イテッ」

無表情なままの二階堂に後頭部を容赦《ようしゃ》なくなぎはらわれて、浩二は首をすくめて朔矢の背中に逃げ込んだ。

「オレ、にいちゃんより市村さんの弟がいい。ぜんぜんやさしーしィ、お土産《みやげ》持ってきてくれるしィ」

「今日はオニイチャン日和《びより》だな」

二階堂が朔矢に皮肉っぽい微笑《びしょう》を送ってきた。

「ねえ、これ一人何個まで？」

早速《さっそく》サクランボの蓋《ふた》を開けながら、浩二が目を輝かせた。

「何個でもいいよ」

「うそー。すげー幸せ。オレ、サクランボって一度に十個以上食ったことない」

いそいそとザルに摑み出して、鼻歌混じりに洗い始める。

二階堂の家は、相変わらず雑多な生活感があって、居心地がよかった。

ダイニングチェアの上からティッシュの箱をどけて座りながら、二階堂が訊《たず》ねてきた。

「で、教科書は？」

「教科書？」

「物理のだよ」

「あ……、忘れた」

うきうきとサクランボをたずさえてきた以外、朔矢は完全に空手《からて》だった。元々、物理を教わるなど口実に過ぎなかったのだ。

「アホ。さっさと取ってこい」

取ってこいと言われても教科書は学校だ。家で勉強をすることなど滅多《めった》にない朔矢は、ほとんどの教科書や辞書を学校のロッカーに置き放しにしている。

返答に困っていると、タイミングよく浩二がサクランボを持って戻ってきた。

「ひとつつまんじゃったけど、甘くてすげーうまいよ」

「どれどれ」

朔矢は教科書から話を逸《そ》らすように、サクランボを口に放りこんだ。

「あ、ホントだ」

「ね？　オレ、この柄《え》を引き抜く瞬間のパツンていう感触《かんしょく》がすげー好き」

「わかるわかる。それとこの皮のプツンプツンの歯ざわりが、なんともなー」

「そうそうっ、まさにプツンっていうカンジ。それでこう、甘くてモチモチした果肉が独特だよねぇ」

しきりとサクランボ談義を交わす朔矢たちに、

「ちびっ子評論家か、おまえらは」

二階堂が呆《あき》れたようなコメントをよこした。

「にいちゃんも食えば？　マジですげーうまいよ」

浩二が鼻先に突き付けた小さな果実を、二階堂は胡乱《うろん》げに受け取って口に放りこんだ。

「なんかさ、にいちゃんとサクランボってちょー似合わねーのな」

朔矢もちらりと思ったことを、浩二が笑いながらけろっと言った。

「そういえば、サクランボの柄を口の中で結べると、キスがうまいとかいうよね」

いかにも中学生らしい好奇心を浮かべた顔で身を乗り出してくる。

「市村さん、できる？」

「それ、缶詰の話じゃないのか？　こんな硬《かた》いのじゃ無理だよ」

「そーかなー」

浩二は小首を傾《かし》げつつ、真剣な目付きで口をもぞもぞやりだした。つられて朔矢も一緒になって試してみたが、新鮮な柄は口の中でごそごそと突っ張り、二つに折り曲げるだけでもたいへんだった。

浩二と二人でにらめっこのような奇怪な形相《ぎょうそう》を作っていると、目の前の皿に二階堂がふいと柄を吐《は》き出《だ》した。

硬い柄は、きれいな結び目になっている。

「すげーっ」

浩二が目を丸くした。

「…二階堂って嫌味なくらいなんでもできるのな」

「ね、市村さんもそう思うでしょう？　にいちゃんにできないことなんてないっすよ」

半ば腹立《なか》たしげに、半ば誇《ほこ》らしげに、浩二は兄を批評した。

二階堂は無表情のまま、淡々と言った。

「俺にだってできないことはある」

「そうか？」

「空も飛べないし、子供も産めない」

「……にいちゃん、オレのこと、バカにしてんのか？」

兄弟のやりとりに、朔矢は笑いながら口をはさんだ。

「でも、二階堂だったらどっちもケロッとやってのけそうな気がするからコワい」

「言われてみればそうかも」

浩二もケタケタと笑いだした。

「おまえら俺をなんだと思ってるんだ」

「だって、こんな硬い柄を口の中で結べるところからして、二階堂って普通じゃないよ」

「でしょ？　にいちゃん、チューの達人じゃーん。でも、こんなの見るまでもなく、にいちゃんはぜってーキスうまいと思うよ」

浩二が確信めいて言う。

「だって、にいちゃんすげーモテモテなんだよ。しょっちゅう女から電話がかかってくるしさー」

朔矢はちょっとぎくりとなった。

「人をタラシみたいに言うな。電話って部活の連絡網くらいだろうが」

二階堂がそっけなく返した。

「そりゃ、加藤《かとう》さんとかはそうかもしれないけど。でもあの人も、ぜってーにいちゃんに気があると思うな。にいちゃんだってまんざらでもないでしょ？」

「まんざらだよ」

「なにそれ。ヘンな日本語」

浩二は屈託《くったく》なく笑いながら続けた。

「ほら、この間、俺が取り次いだ田中《たなか》だか中田《なかだ》だかいう人、あれはマジでしょ？　にいちゃんコクられて迷惑そうに断ってたじゃん。オレも一度でいいからそういうオイシイ思いしてみてーよ」

二階堂がもてるのは、朔矢にもよくわかっている。けれどこうして現実的な話を聞くと、そわそわした気分になってくる。

「おまえな、どうでもいいけどさっさと塾に行ったらどうだ」

二階堂がうんざりしたように言った。

「あ、ヤベ」

浩二は勢いよく立ち上がり、ボールの中からサクランボを無造作に摑み取った。

「行儀の悪いヤツだな」

「へへー。市村さん、ごちそうさまでした。行ってきまーす」

賑やかな浩二が出掛けてしまうと、部屋の中は急にひっそりとしてしまった。

「俺の教科書を持ってくるから」

二階堂が面倒そうに席を立った。

朔矢はなんとなく落ち着かなくなって、勝手にテレビをつけた。ドラマの再放送の時間帯で、朔矢が好きだった二年ほど前のサスペンスドラマをやっていた。

つい見入っていると、ふいと後ろから手が伸びてきた。朔矢の手の中のリモコンを取り上げようとする。

「あ、待って待って。今いいところなんだから」

「おまえな、勉強に来たんじゃなかったのか」

「そうだけど、テレビ見ながらだってできるじゃん」

「ただでさえ注意力散漫《さんまん》なおまえに、そんな器用な真似ができるのか」

「だって、静かすぎると落ち着かないんだよ」

リモコンの奪い合いをしながら思わず言うと、二階堂が朔矢の手を摑んだまま動きを止めた。

「……相変わらずだな」

感情の読み取りにくいその表情は、呆れているようにも気遣《きづか》っているようにも見えた。

「テレビなんかで埋《う》め合《あ》わせようとするのはやめろ」

至近距離で見つめ合うような形になって、朔矢の心臓は急にドキドキと早い鼓動《こどう》を刻み始めた。

メガネごしの怜悧《れいり》な目が、じっとこちらを見下ろしてくる。

キスされる。

そんな予感が頭をよぎった。

以前一度触れたことのある二階堂の唇のひんやりした感触をリアルに思い出す。

机の上の皿には、器用に結ばれたサクランボの柄が転がっている。

緊張と期待感で、足の先がキュッと疼《うず》くように痛んだ。

身体中の筋肉という筋肉に力が入って、まるで歯医者の診療台《しんりょうだい》の上に横たわったときのような落ち着かない気分になった。

二階堂との間合いが、さらに縮《ちぢ》まった気がした。

思わず目を閉じそうになった瞬間、二階堂の手が朔矢の手の中からするりとリモコンを奪い取った。

テレビの音が途切れる。

「ほら、さっさと座れ」

二階堂はリモコンをテーブルに置いて腰をおろし、ぱらぱらと教科書をめくりだした。

「……うん」

向かいの椅子に腰をおろしながら、内心、肩透かしをくらったことにがっくりきていた。

結局、自分一人が空回りしているだけなのではないかと思えてしまう。

浩二に言われるまでもなく、二階堂がもてるのはよくわかっている。その二階堂が同性のしかも自分のような人間に恋愛感情を抱いてくれているなどということが、本当にあるのだろうか。

うろうろと考え込みそうになって、朔矢は雑念を払うようにかぶりを振った。

告白して、二階堂を信じようと決めたのはつい最近のことだ。それをことあるごとに疑ってかかっていては、埒《らち》が明かない。

信じなければ何も始まらないのだと、朔矢は無理矢理に自分に言いきかせた。

耳が痛くなるようなマイクのハウリング音が、朔矢《さくや》をうたた寝から呼び覚ました。

白いカーテンが初夏の風をはらんで膨《ふく》らみ、躍《おど》り込《こ》んだ陽射しが消毒薬のように視聴覚室を明るくする。

《残すところ四種目となりました。現時点での一位は三年五組、二位は二年四組、三位は三年二組――》

不快なハウリング音混じりの放送が、スピーカーから響きわたる。順位が発表されるたび、校庭から歓声があがった。

「……るせーな。このキンキンいう音、止めろよ」

朔矢の前のベンチシートに寝そべっていた飯島《いいじま》も、眉《まゆ》をしかめて起き上がった。

教卓に腰をひっかけて煙草《たばこ》を吸っていた三島《みしま》がだるそうに立ち上がり、スピーカーのスイッチを切ったが、放送は校内中のスピーカーから流れているため一向《いっこう》に雑音はおさまらない。

体育祭の今日、自分の出場種目だけ義務を果たし、朔矢はいつもの仲間と視聴覚室で昼寝を決め込んでいるのだった。

快晴の五月の陽射しは真夏並みの強さだが、湿度が低いので視聴覚室の中はひんやりとして居心地がいい。この騒音さえなければ、快適な昼寝場所だった。

「かーっ、人の昼寝の邪魔しやがって」

飯島が忌々《いまいま》しげに頭をかきむしり、くわえ煙草に火を点けた。

漂《ただよ》ってきた煙《けむり》がいつになくけむたく感じて、朔矢は、そういえばここ数週間ほど煙草を吸っていなかったと気が付いた。

二階堂とかかわりを持つようになってから、あれこれと考えることで忙しく、暇《ひま》つぶしに煙草を吸うことも忘れていた。

考えてみれば、遊び相手や話し相手を求めて携帯《けいたい》電話に手をのばすことも随分《ずいぶん》少なくなってきている。

「次の種目、なんだっけ？」

飯島が訊《たず》ねると、三島がくしゃくしゃになったプログラムを広げた。

「二度目の応援合戦が挟《はさ》まって、そのあと一〇〇〇メートル持久走」

「かー、今頃土橋《どばし》のやつ、うんざりしてるだろうな」

「二階堂《にかいどう》の旦那《だんな》にハメられたってか？」

友人の災難《さいなん》を、二人でからから笑っている。

「まあでも、当の二階堂も一〇〇〇に出るんだから、土橋も文句の言いようがないよな」

「まあな。イヤイヤ出場の土橋と違って、旦那はみんなが敬遠する種目を自分から引き受けてるんだからさ。十七歳のやることじゃねーよな」

「だから旦那と呼びたくなるんじゃん」

「まあ、そういう意味では、ヤツが女にモテるからって、やっかむのは筋違いだよなぁ」

「人間のデキがぜんぜん違うっつーもんよ」

二人のやりとりを黙って聞いていると、急に飯島が朔矢に話を振ってきた。

「そういえば朔矢、ミカちゃん覚えてるか？」

誰だったかと記憶をかきまわし、ようやくドーナツショップの合コン相手だと思い出した。

「あの細くてちっちゃいコ？」

「そうそう。彼女がかなり朔ちゃんに興味示してて、付き合ってみたいって言ってるらしいんだけどさ、どうする？」

「かーっ、コイツは二階堂と違って、カオの構造だけで女好きするからムカつくよな」

「ラッキー」

三島に後頭部を叩かれて前のめりになりながら、朔矢は能天気な笑みを浮かべてピースサインを作ってみせた。

「じゃ、話つけちゃっていいか？」

「あ、ちょっと考えさせて」

「こいつ何をもったいつけてるんだよ」

再び三島の制裁を受けそうになって、素早く身をかわす。

「いやほら、一応そういうことはマジメに検討《けんとう》しないと」

曖昧《あいまい》な返答は八方美人の社交辞令にほかならず、朔矢にはもちろん検討する気などさらさらなかった。

「おい、もう持久走始まるぞ。土橋をひやかしに行こうぜ」

飯島が窓の外に顎《あご》をしゃくった。

学食前の自動販売機で飲み物を買ってぶらぶらとグラウンドに戻ると、四〇〇メートルトラック二周半の持久走はすでに最後の半周に差し掛かっていた。

「すげー、土橋と二階堂のトップ争いだぜ」

「土橋くんは周回遅れよ」

感心する飯島に、そばにいたクラスメイトが笑いながら教えてくれた。

「なんだ。おかしいと思った」

すでに息のあがっている土橋を悠々《ゆうゆう》と追い抜いて、二階堂が無表情のままテープを切った。

朔矢たちのクラスから、一斉《いっせい》に歓声があがった。

「まあしかし、何だな、あそこまでなんでもカンペキにできちまうと、却《かえ》って生きてるのが退《たい》屈《くつ》にならんかねぇ」

飯島が羨望《せんぼう》のため息をついた。

「見ろよ、あそこのオジョーチャンたち。マンガだったら目がハートって絵柄じゃん」

三島が指差す方では、部の後輩とおぼしき下級生たちが、遠巻きに超音波のような歓声をあげながら二階堂に手を振っていた。

あれこれ言っているうちに、一周遅れの土橋がもはや笑いを取る方向に走りながらゴールした。飯島と三島が、早速ひやかしに向かう。

ぼんやりと立ち尽くしたまま、朔矢の目はいつものように自然と二階堂の姿を追っていた。記録係と何か話している後ろ姿は相変わらずしゃんとして姿勢がいい。とても走り終えたばかりとは思えない。

唯一《ゆいいつ》、汗で背中に張りついたTシャツだけが健闘《けんとう》の名残《なごり》をうかがわせた。

ふいと二階堂がこちらを振り返った。

無意識に眺《なが》め入《い》っていた自分が気恥ずかしくなって、朔矢は何気ないふうを取《と》り繕《つくろ》って紙パックのグレープフルーツジュースを口元に運んだ。

二階堂は凝《こ》りをほぐすように大雑把《おおざっぱ》な仕草で腕を回しながら、朔矢の方に歩み寄ってきた。途中、何やら上気した顔で話しかけてきた女の子たちを、無表情にそっけなくあしらっているのが、いかにも二階堂らしい武骨さだった。

「応援団長が、市村《いちむら》たちのこと探してたぞ。またサボリかって」

その武骨な表情のまま、そっけない調子で声をかけてくる。

朔矢はわざとぞんざいに肩をすくめて見せた。

「カッタルイから、視聴覚室で昼寝してたんだよ」

「おまえときたら、そんなのばっかりだな」

「まあいいじゃん。それより二階堂、速かったね」

「見てもいなかったくせに」

「見てたよ。ゴールのとこだけね」

朔矢が言うと、二階堂はふんと鼻で笑って、朔矢の手から無造作にジュースをつまみあげた。

自分の飲みさしのストローに二階堂が平然と口をつけるのを見て、朔矢は思わず赤面しそうになった。慌《あわ》てて話題を別のところに持っていく。

「飯島も言ってたけどさ、二階堂みたいに何でも軽々できちゃうと、人生退屈にならない？」

「軽々となんかできちゃいねーよ。今だって相当必死だったさ」

「そうかぁ？」

「当たり前だろう。自分で種目の割り振りをしておきながら、しくじったら立場がない」

そう白状して口元だけ笑った二階堂を見て、朔矢はなんとも言えない気分になった。

誰の目から見ても余裕でトップをさらっているように見える二階堂が、自分の前でひそかなプライドを開示してみせてくれる、それがなにか特別という気がして、不思議な高揚感《こうようかん》を覚える。

「とてもそんなふうには見えなかったけど。勝って当然っていうふてぶてしい顔してた」

自分に対する照れ隠しでそう言ってみせると、二階堂は顔をしかめた。

「悪かったな。生憎《あいにく》と生まれつきなんだよ、この顔は」

言い合う傍《かたわ》らに、女の子の二人組がちょろちょろと寄ってきた。

「二階堂先輩、さっきかっこよかったですぅ」

照《て》れ臭《くさ》げな及び腰になりながら、二人は声を合わせた。

「アホ」

つまらないことを言いにくるなとでも言うように、二階堂がそっけなく返した。

そんな返答でも反応が返ってきたのが嬉《うれ》しいらしく、二人組は甲高《かんだか》い嬌声《きょうせい》をあげて、猫の子のようにもつれ合って走り去っていった。

不安と優越感が、朔矢の胸でせめぎ合う。誰からも尊敬と信頼を勝ち得ている二階堂が、こうして自分の相手をしてくれることが嬉しい反面、こんな魅力的な男が、自分のようななんの取り柄もない人間を特別視してくれるはずがないという、疑り深い自己否定も相変わらず拭《ぬぐ》いきれずにいる。

確信を得たい気持ちになって、朔矢はふいとさきほどの友人たちとの会話を持ち出した。

「あのさ、この間飯島たちに誘《さそ》われて合コンに行ったんだ」

二階堂は無表情に、それがどうしたという顔をした。

「でね、その時会った女の子に、付き合って欲しいみたいなことを言われてるんだけど、どうしたらいいと思う？」

自分だってまるきりもてないわけではないということをアピールして、二階堂から少しは価値のある人間だと思われたかった。さらにそこで「そんな女と付き合うな」とはっきり言ってもらえれば二階堂の気持ちも確認できる、そんな姑息《こそく》なことを朔矢は目論《もくろ》んだ。

けれど二階堂の反応は、まったく期待外れのものだった。

「なんでそんなことを俺に訊《き》くわけ?」

興味もなさそうな仏頂面《ぶっちょうづら》で返されて、朔矢はざっくりと傷ついた。

二階堂にとっては、朔矢の動向などどうでもいいことなのだ。

どうせ自分などと卑下《ひげ》しながらも心のどこかで都合のいい答えを期待していた、そんな自分の厚顔無恥《こうがんむち》に自己嫌悪を覚えた。

ふいと背後でざわめきが起こった。

トラックでは、女子の障害物リレーが始まっていた。そのゴールの手前で一人がうずくまっている。どうやらハードルに足を引っ掛けて転倒したらしい。

「あのバカ」

どうやら知り合いだったらしく、二階堂が舌打ちした。

朔矢の手に紙パックを放って、二階堂はグラウンドの方に戻っていった。

怪我といっても大したことはなかったようで、女の子は自力で立ち上がった。周りに集まった数人と言葉を交わしながら、二階堂は屈《かが》んで膝《ひざ》の擦《す》り傷《きず》を調べている。

放物線を描いて手のなかに戻ってきたジュースのパックが何かを象徴《しょうちょう》しているようで、朔矢は生来の後ろ向きな思考に走ってしまう。

こんなふうに誰に対しても面倒見《めんどうみ》のいい二階堂。別に自分が特別というわけじゃない。

それにひきかえ朔矢の方は、気がつけばいつも二階堂のことを目で追ってしまっている。

「朔ちゃーん、ぼけっとしてないで俺様の苦労をねぎらえよ」

水飲み場から戻ってきた土橋が、びしょ濡れの身体で朔矢に覆《おお》いかぶさってきた。

「バカ、冷てーよっ」

「お、なんだよ、寸劇でも始まるのか？」

訝《いぶか》しげな土橋の視線の先をたどると、二階堂が女の子の身体を抱き上げたところだった。

「なんか障害物リレーで怪我したらしいよ」

「あれ二階堂だろ？　相変わらず面倒見がいいやつだな。だいたい、持久走のあとでよくあの体力が残ってるな。オレなんてへとへとで猫一匹持ち上げられないぜ」

「情けねーの」

「ケッ。そういうこと言うなら、朔矢も走ってみろよ。……っていうか、あのお姫さま抱っこされてるのって、もしかして加藤《かとう》？」

土橋が目を細めた。

言われてよくよく見れば、確かによく二階堂の席に遊びにきている加藤美和《かとうみわ》だった。

「絵になるねぇ」

茶化すように言って、土橋は朔矢を振り返った。

「あの二人がつきあってるって、マジ？」

「……え？」

「あ、なんだよ、知らないのか。最近おまえよく二階堂とつるんでるから、真相を知ってるかと思ったんだけど」

「…………」

「噂《うわさ》になってるぜ。まあお似合いだよな」

美和を抱《かか》えてテントの下に入っていく二階堂の後ろ姿を、朔矢はぼんやり目で追った。

朔矢の告白を受け入れてくれたことを考えれば、二階堂が別の誰かとつきあっているなどありえないことだ。

けれど、それを理屈だけでなく感情的に確信できるほど、二階堂のことを知っているわけではなかった。連休の旅行以外、休日を二階堂と一緒に過ごしたことさえないくらいなのだ。

さっきの二階堂のそっけない言動とあいまって、すべてが不安になってくる。

信じると決めたのに。

信じれば信じるほど、依存度《いぞんど》があがるほどに、裏切られることへの恐さが強くなってしまう。

車も人通りも絶えた一方通行の夜道で、朔矢《さくや》は煙草《たばこ》に火をつけた。闇《やみ》の中、ライターの火が風に揺らぐのが妙にもの淋《さび》しくて、真夜中の空気に溶けて消えてしまいたいような気分になる。

また夜遊び癖《ぐせ》が復活しはじめていた。

自分の部屋に帰る虚《むな》しさを引き伸ばすために、あと少しあと少しと、友人たちの間を遊び歩く。けれど帰宅時間が遅くなればなるほど、虚しさはさらに増すという悪循環《あくじゅんかん》だった。

風のない夜空には、所々に雲がわだかまっている。青空に浮かんだ雲はあんなに清々《すがすが》しくきれいなのに、夜空の雲は圧迫感があってなんとなく恐ろしかった。落ち込みにまた拍車がかかってしまう。

一時期忘れていた喫煙《きつえん》や長電話の悪習も、この十日ばかりでまた元の木阿弥《もくあみ》に戻ってしまっていた。

ここ十日ほど、二階堂《にかいどう》とはほとんど喋《しゃべ》っていない。

体育祭のあと、中間テストがあったり、二階堂の方は部活が忙しいこともあったりでゆっくり話すひまもなかったのだが、それだけでなく朔矢の方で意識的に避けているようなところもあった。

テストが終わった日、昇降口で顔を合わせた折に、いつものそっけない口調で二階堂家の夕食に誘《さそ》われたが、「残念だけど友達と約束があるんだ」と断ってしまった。

本当は約束などありはしなかった。ただ、二階堂の誘いが生来の面倒見《めんどうみ》のよさから出た社交辞令に思えてきてしまって、嬉《うれ》しいどころかかえって虚しい気がしてしまったのだ。

同情でも義務でもいいからと、そう言ったのは誰でもない朔矢自身なのに、いざとなるともっともっとと貪欲《どんよく》になる。

そうして貪欲になると、不安になってくる。

もしも万が一、土橋《どばし》が言ったように二階堂が美和《みわ》とつきあっているとしても、朔矢にはそれを不実だと責めるような気持ちは皆目《かいもく》なかった。

むしろ、朔矢の中にはいつもなにか引け目があって、二階堂が普通に女の子とつきあうのはあたりまえのことで、逆に自分を見てほしいとか構ってほしいとか思う気持ちの方に、罪悪感《ざいあくかん》を覚えていた。

もやもやとした不安で頭のなかがいっぱいになってしまう。

帰りついた部屋の中で、朔矢は不安の出口を封じるように煙草で口をふさぎ、部屋中を煙だらけにした。

隣の部屋には二階堂がいるはずだが、なんだか妙に遠い異次元のような気がした。

淋しさをまぎらわすようにCDをかけてみたが、音が隣にもれると同情を買おうとしているようで余計惨《みじ》めな気がして、窓という窓を締め切った。

そのままベッドに潜り込み、音楽に集中しているふりをして眠ってしまう。このところ朔矢の生活はそんなことの連続だった。

長い割に寝たような寝ないようなすっきりしない眠りから目覚めたのは、電話の呼び出し音のせいだった。

カーテンが開けっ放しの部屋は、もうすっかり明るくなっていた。時計に目をやると、九時を回っている。

ああ、また遅刻だと投《な》げ遣《や》りに思い、次いで今日は学校が休みの土曜日だったことを思い出した。

朔矢がぼうっとしている間も、電話のコールは鳴り続けている。

もしかしたら二階堂かもしれない。そんな期待が頭をかすめた。

『どうせまだ寝てたんだろう？　朝飯を食いに来いよ』

二階堂のどこか冷ややかな呆《あき》れ口調が、寝呆《ねぼ》けた頭の中を流れた。

別に同情でもいいや。

夜の悲観的な思考も、さすがに朝日の下では随分《ずいぶん》希釈《きしゃく》されている。

二階堂の誘いなら、変に身構えずに行ってみよう、そんなふうに気持ちを入れ替えて、朔矢は電話を受けた。

ところが、受話器から流れてきたのは、まったく別の人間の声だった。

『朔矢くん？　まだ寝ていたかな』

久しぶりに聞く、義父の声。

少し持ち直していた寝起きの気分が、また昨夜のレベルまで降下していく。

「……いえ」

『久しぶりだね。変わりはないかな』

「……はい」

『休みの日の朝から申《もう》し訳《わけ》ないんだが、今日は何か予定がある？』

警戒心《けいかいしん》が先に立って答えられずにいると、相手の方から用件を切り出してきた。

『ちょっと話したいことがあるんだ。悪いが昼頃私の病院に来てもらえないかな』

「…………」

『すぐに済む話だから』

「……だったら電話じゃだめですか」

『微妙《びみょう》な話だから、直接の方がいいと思うんだ。一時頃、どうだろう』

「……わかりました」

渋々承諾《しょうだく》して、電話を切った。

無意識にため息をついてしまう。

義父の呼び出しなどよくない用事に決まっている。


義父の職場へは、母親の結婚前に一度行ったことがあるきりだった。

曖昧《あいまい》な記憶を頼りに辿《たど》り着《つ》いた病院はちょうど昼休みだった。

重苦しい気分で院長室の扉《とびら》をノックすると、こもったような返事が聞こえ、すぐに義父自らが内側から扉を開けてくれた。

「悪かったね、休みのところ」

「いえ……」

招《まね》かれるまま一歩踏み込んで、朔矢は身を硬《かた》くした。

院長室には先客がいた。

義兄の勇一《ゆういち》が、うっそりとした表情でソファに腰をおろしていた。

「とりあえず掛けて」

義父が勇一の隣に座り、朔矢はわけがわからないまま渋々義父の向かいの席に腰をおろした。

「朔矢くん、昼飯はまだだろう？　食べながら話をしようか」

椋材《むくざい》の重々しいテーブルの上には、大きな重箱が配されていた。

「この店の松花堂《しょうかどう》はなかなか味がいいんだ。もっとも若い人はハンバーガーか何かの方が口に合うかな」

義父は笑いながら先にたって弁当の蓋《ふた》を外した。

病院独特の静謐《せいひつ》な薬品臭に、煮物と揚《あ》げ物《もの》の俗っぽい匂《にお》いが混じって、ただでさえ緊張《きんちょう》していた朔矢の胸をむかつかせた。とてもこんな場面で食事をする気になどなれなかった。

勇一の方も身じろぎもしないままじっと視線を伏せている。

「あの、話ってなんですか？」

一刻も早く立ち去りたい気分で朔矢の方から口を開いた。

義父はテーブルの上で指を組んで、鷹揚《おうよう》な笑みを浮かべた。

「いや、大したことではないんだがね。きみと勇一との件だ」

「…………」

「勇一からよく事情を聞いてみたら、どうやら最初に私が把握《はあく》していた状況《じょうきょう》とは、若干《じゃっかん》のずれがあるようなので、きみに謝らなくてはいけないと思ってね」

勇一とのあれこれをまた蒸し返されるのは不快だったが、自分への誤解がとけたらしいことに関しては、悪い話ではなかった。まさかこんなふうに謝罪《しゃざい》してもらえることがあろうとは思わなかった。

それでも胸の中がもやもやするのは、義父の言葉遣《づか》いのせいだった。

「大したことではない」というが、朔矢にとってはものすごく大したことだったし、「若干のずれ」どころか、状況は勇一の言い分とは一八〇度反対だと言ってもいいくらいなのだ。

不服が顔に出ていたのか、義父は穏やかな口調で言《い》い訳《わけ》を始めた。

「これは親の欲目でなしに、一般論として考えてもらいたいんだが、学業も生活態度も至《いた》って真面目《まじめ》な勇一と、きみのような今風の格好でふらふら遊び歩いている子を……いや、それがいけないと言ってるわけじゃないんだよ」

おもねるような笑いを浮かべながら義父は続けた。

「まあとにかく、そういう両者を比べたら、私でなくても勇一の方を信用してしまうと思うんだ。まあ、そういうものの見方が必ずしも正しくはないという意味で、今回のことはいい勉強になったよ」

道徳論で結ばれてしまうと、朔矢には返す言葉がなかった。

「濡《ぬ》れ衣《ぎぬ》をきせられて、朔矢くんもさぞ不愉快《ふゆかい》な思いをしただろうね。だけど、勇一の身にもなってみて欲しいんだ。勇一にしてみれば、黙ってきみのせいにしておけばそれで済んだはずだ。それを、自分の不名誉を承知で告白したんだから、さぞや勇気がいっただろうと思わないか？」

「…………」

「その勇気に免じて、今回のことは大目にみてやってもらえないかな」

一見筋が通っているようで、論点がすっかりすり替えられている。

そもそもは勇一の偽《いつわ》りで朔矢が濡れ衣をきせられたところに端を発しているというのに、義父の言い方では、とぼけていればそれで済んだことを敢《あ》えて口にした勇一は立派だというような論旨《ろんし》になってしまっている。

「まあ、それで誤解がとけたわけだから、朔矢くんにもぜひうちの方に戻ってきてもらうのが筋だとは思うんだが……、ああ、よかったら箸《はし》をつけなさい」

「…………」

「やっぱりハンバーガーの方がよかったかな」

懐柔《かいじゅう》するような笑みを浮かべる。

朔矢が黙っていると、義父はひとつ咳払《せきばら》いをして、話を続けた。

「きみと勇一のためには、今後も今の状態のまま別々に暮らした方がいいと思うんだ。それはきみもわかってくれるね？」

朔矢は頷《うなず》いてみせた。また勇一とひとつ屋根の下で暮らすことは、朔矢としても願い下げだった。

それでも、こうして勇一の非が明らかになってさえ、義父には勇一の方を外に出そうという発想がまったくないことが、朔矢を傷つけた。

自分の子供の言うことなら嘘《うそ》でも手放しで信用し、その嘘が明るみに出てさえ、無条件で庇《かば》おうとする。

それが肉親の情だと解釈《かいしゃく》すれば、朔矢の母親よりも義父の方が、理不尽《りふじん》ではあっても情には厚いということになる。

朔矢はなんだか切なくなってしまった。

「きみと勇一の間にあった不幸な過《あやま》ちはともかくとして、我が家は今、とても円満にうまくいっているんだよ。それは朔矢くんも知っているね」

「……はい」

「お母さんや理佳《りか》ちゃんのためにも、今の穏やかな生活を守っていきたいと思っているんだ」

母親のことを持ち出されると、朔矢には何も言えなかった。

たとえ真実であっても、それを持ち出すことでぎくしゃくするなら、沈黙を守るほうがいい。

母親の前の離婚でそれは身に染みていた。

ほとんど義父が一人で喋って、短い話し合いは終わった。

途中で何度か勇一が口を開こうとしていたが、そのたび義父に目顔で制されていた。

朔矢にしても、いまさら勇一と話などしたくなかったし、正直なところ目を合わせるのも苦痛だった。気詰まりな場から一刻も早く立ち去りたかった。

必要最小限の返事だけして、話が一段落つくと朔矢は逃げるように席を立った。

通りに出ると、目の芯がずきずきするような日盛りだった。

上天気の五月の休日、車も人もみんな浮かれて楽しげに見えて、朔矢一人が違う世界から来た人間のようだった。

別に今までと何ら状況が変わったわけでもないのに、居場所を失ったような心細い気分になってしまう。

淋《さび》しさをもてあまして、朔矢は携帯《けいたい》電話を取り出した。

誰か遊び友達を呼び出して気を紛《まぎ》らわそうと思ったのだが、頭に浮かんだのは二階堂《にかいどう》の怜悧《れいり》な顔だった。

休日に意味もなく電話を掛けたら迷惑顔をされるだろうか。

少し悩んだが、二階堂の声を聞きたい気持ちが勝った。

いつにない緊張感で電話をかけたが、電話口に出た母親に二階堂の留守を知らされて、がっくりきてしまった。

気を取り直して土橋《どばし》でも誘《さそ》ってみようかと再び携帯を耳に当て、呼び出し音を聞きながらぼんやりと雑踏《ざっとう》に目をやった。

その視界に、まるで何かの啓示のように二階堂の姿が飛び込んできた。

心臓が締め付けられるようにばくばくとなった。

二階堂の方も、ほとんど同時くらいに朔矢に気付いた。悠然《ゆうぜん》と横断歩道を渡って、こちらに近付いてくる。

相手が一人だったら、そのテレパシー的なタイミングの良さに有頂天になったところだが、連れの存在が逆に朔矢を憂鬱《ゆううつ》の底に突き落とした。

傍《かたわ》らを小走りについいてくるのは、加藤美和だった。

五メートルほどに間合いが狭まり、二階堂が何か言いそうに口を開いた。

朔矢はきびすを返して、足早に歩きだした。

「おい」

呼び止める声を振り切って、のめるように前に歩いていく。

さっきも感じた自分だけが異世界の人間だという違和感がますます強くなった。

ビルや車や新緑の街路樹を輝かせている陽射しも、雑踏の喧《やかま》しさも、行《い》き交《か》う人々も、すべてが現実感を失って色褪《いろあ》せて見えた。

土曜日の残りの時間と日曜日を、朔矢は次々と携帯で仲間を呼び出して過ごした。

ゲームセンターをはしごして、カラオケに行って、ハンバーガーショップで延々と時間を食《く》い潰《つぶ》す。

バカ話をして大声で笑いながらも、頭の中は虚《うつ》ろだった。自分で自分を無理矢理操《あやつ》っているような違和感があって、胸のなかはずっとざわざわしていた。

遊び仲間には学校のクラスメイトもいれば、ゲームセンターで知り合った名前と携帯の番号しか知らないような連中もいる。それぞれがまた友人を連れてきたりして、時間つぶしの相手には事欠かない。

けれど、それはあくまで刹那的《せつなてき》な時間つぶしでしかなかった。

騒いでいる間にも携帯に電話が入って別の仲間のところに行ってしまったり、ナンパした女の子とどこかに行ってしまったり、面子《メンツ》は流動的に入れ替わる。

朔矢が落ち着ける居場所はどこにもなかった。

くたくたになるまで遊びまわって深夜に帰宅すると、どっと虚無感《きょむかん》に襲《おそ》われた。

疲労感は、マイナス思考に拍車をかけていく。

朔矢にとって、物事をいい方向に考えるのはとても努力のいることだが、逆に悪い方向に思い詰めるのは、水が高いところから低いところに流れるのと同じように、そうすまいと思っても自然とそうなってしまうことだった。

良くないことはまた新たに良くない連想を呼び、人生すべてがついていないような気分になってしまう。

濡《ぬ》れ衣《ぎぬ》が晴れても、結局自分の味方にはなってくれない義父のこと。思い浮かべるだけでみじめになる二階堂《にかいどう》と美和のこと。

連想はさらに記憶をさかのぼり、かつて母親が自分にぶつけた刃物《はもの》のような言葉までリアルに思い出されてきた。

この世のすべてから拒絶されているような惨めな気持ちがこみあげてくる。

二階堂のおかげで目の前が開けたように思えたこともあったのに、頼ることを覚えてしまったせいで、今は心細さが倍増していた。

淋しくて、淋しくて、寒くもない部屋で朔矢は身震《みぶる》いした。じっと闇のなかにうずくまっていると、涙が出てきてしまいそうになる。

そんな感情にとらわれる一方で、朔矢はそういう自分の情けなさを心底嫌悪していた。

女々しい感傷に流されまいとして、わざときびきびと部屋を動き回り、シャワーを浴びて、陽気で下品な深夜番組を付けっ放しにして、ベッドに潜《もぐ》り込《こ》んだ。

体力と気力の限界まで遊び回った身体は、やがて眠りに引きずりこまれていく。

朦朧《もうろう》とする意識の中で、朔矢はざまみろとひとりごちた。

別に傷ついてなんかいない。悩んでなんかいない。だからこうして、横になればすぐに眠気がやってくるのだ。

けれど眠りは快適なものではなかった。風邪で高い熱を出している時に似て、夜は不快に長く寝苦しかった。

立て続けにいやな夢ばかりを見た。

電車を乗り過ごす夢。床が抜けて落下する夢。走ろうとするのに足が重くもつれて少しも前に進まない夢。

目が覚めるとばかばかしいほどの上天気で、朔矢はすっかり疲れきっていた。

学校を休んでしまおうかと思ったが、何もかもが面倒《めんどう》なこんなときには、却《かえ》って何も考えずにできるいつもの行動をとる方が簡単だった。

朔矢はのろのろと着替え、ぼうっとしたまま学校に向かった。

二階堂と顔を合わせるのは気が重かった。

教室のドアの前でいったん足を止め、中の様子をうかがってみる。始業前の騒々しい室内に、珍しく二階堂の姿がなかった。

部室にでも寄っているのかと少しほっとしながら室内に踏み込んだとたん、心臓が跳《は》ね上《あ》がった。

二階堂は、ドアの死角になる壁ぎわで、剝《は》がれかけたプリントを張り直しているところだった。

一メートルの至近距離で目が合ってしまう。

メガネの奥の怜悧《れいり》な瞳が、朔矢に無表情な一瞥《いちべつ》をよこした。

言葉に詰まって立ち尽くしていると、

「ちーす」

間がいいのか悪いのか、後ろから飯島《いいじま》が陽気に声をかけてきた。

「朔矢さー、ミカちゃんの件だけどいい加減はっきりしろよ」

「あ…うん」

「俺も困ってるわけよ。早く朔矢の気持ちを確かめてくれって、ミカちゃんから急《せ》かされてよー」

距離からして、会話は二階堂の耳にも確実に届いている筈《はず》だ。この件に関して、二階堂がまったく気にしていないことは知っているが、なんとなく気まずい気持ちになる。

その反面、二階堂と美和のことなど気にしておらず、自分は自分で色々あるのだと、二階堂に対しても自分自身に対しても強がりたいような心理もあって、飯島の言葉はそんな妙な自尊《じそん》心《しん》を後押ししてくれるものでもあった。

「もうちょっと考えさせて」

そんな気もないくせにもったいぶった返事をして、なけなしのプライドをガードする。

始業のチャイムが鳴り、数秒としないうちに担任が教室に入ってきた。

二階堂の反応をうかがう隙《すき》もなく、朔矢は消化不良のまま席についた。


もやもやとした気分のまま午前の授業を終え、二階堂と再び顔を合わせたのは学食だった。

メニューの受け渡しをするカウンターのすぐそばの席で、二階堂は友人と話をしていた。

朔矢が空席を探しながら傍《かたわ》らを通り掛かったところで、友人が空《から》の食器を手に席を立った。

二階堂も、朔矢に気付いた。

空《あ》いている席の前を素通りするのも不自然な気がして、朔矢は二階堂の向かいにトレーをおろした。

「ここ、いい?」

わざと陽気に声をかける。

二階堂はいつものそっけなさで「ああ」と短く言った。

疑心暗鬼で頭の中はぐるぐるしているのに、いざこうして面と向かうと妙な空元気を発揮《はっき》してしまうのが、朔矢の性分だった。

そもそもが小さな出来事の積み重ねで朔矢の方が一方的にぎくしゃくしているだけで、二人の間に具体的ないさかいがあったわけではない。

美和とのことが気になり続けているくせに、それをはっきり問いただすのは嫉妬深《しっとぶか》い女の子のようで、できなかった。

真実を知りたい気持ちと、核心に触れるのを恐れる気持ちとでぐらぐらしながら、朔矢は二階堂のトレーを覗き込んで、まったくどうでもいい話題を振った。

「それ、Aランチ？」

「ああ」

「いいなぁ、クリームコロッケ」

二階堂はじろりと朔矢をねめつけたあと、面倒《めんどう》そうに箸《はし》を操って朔矢のオムライスの皿にコロッケを移動させた。

「え、くれるの？　ラッキー」

朔矢ははしゃいで、やわらかいコロッケにスプーンをめりこませた。

「気が変わらないうちに食っちゃおーっと」

衣にざくりと歯を立てる。

なんとなく、舞台の上で市村朔矢《いちむらさくや》という役を演じているような気分だった。

「うまーい」

言ってはみたが、衣とクリームの濃厚《のうこう》な感触《かんしょく》が口の中にぎとぎとと広がるだけで、味などあまりわからなかった。

二階堂は胡乱《うろん》げにそんな朔矢を眺《なが》めていた。

「あ、二階堂もこっちの一口食う？」

オムライスを大雑把《おおざっぱ》に一山削《けず》りとって、二階堂のトレーに載《の》せる。

二階堂はそれには手もつけず、不機嫌《ふきげん》そうに朔矢を眺《なが》めている。

朔矢はしばらく黙々とスプーンを動かしていたが、だんだんその冷ややかな視線が苦痛になってきた。

「一昨日《おととい》」

低い声で二階堂が口を開いた。

心臓が無重力状態のようにふわっとなって、朔矢は急にどっと不安になった。

失敗をしたとき、そのことを人に責められる前に自分からべらべらと言い訳を並べ立てて自己防衛を計る心理にも似て、二階堂が何か言い出す前になんとしても自分の方から喋らなければという強迫観念に駆られて、朔矢は慌てて喋りだした。

「一昨日のあれ、やっぱり二階堂だった？　そうかなぁって思ったんだけど、ちょっと急いでて声を掛けそこなっちゃってさー」

からからと笑う自分の笑い声が、妙に空々しく響いた。

どう考えても、声を掛けそこなったなどという図ではなかった。朔矢はきびすを返して逃げ出したのだ。

それでも、いったん軽薄な口調で喋りだすと、引っ込みがつかなくなってしまった。

「でもあれだね、やっぱ二階堂って加藤とつきあってるんじゃん」

シリアスになるととんでもないことになりそうで、内心の不安感とは裏腹に軽い調子で口にする。

そんなわけないだろう。

二階堂がそう言ってくれるのをかすかに期待していた。

けれど二階堂は無言のまま、蔑《さげす》むような視線を送ってよこしただけだった。

血の気が引いていくのが、自分でもよくわかった。

ざっくりと傷つきながら、自分は泣きだすのではないかと思ったが、実際のところ涙など一滴も出なかった。

甘える相手がいてこそ人は泣けるものだと、どこか遠い他人事《ひとごと》のように朔矢は初めて知った。

本当に孤独になると、涙など出はしないのだ。

「二人とも見栄えがするから、めちゃめちゃお似合いってカンジだったぜ」

なぜそんなことを言うのかと自分でも呆《あき》れながら、朔矢はにこりと微笑《ほほえ》んだ。

「それはどうも」

二階堂はあっさりそう答えて席を立った。トレーを持ってカウンターの方に立ち去っていく。

泥水《どろみず》のようないやな感じが、胸いっぱいに広がっていった。

自分を拒絶する背中を見ているのが耐えがたくて、朔矢は窓の方に視線を逸《そ》らした。

窓越しの花壇《かだん》では、盛りを終えたつつじの花がだらりと薄汚《うすぎたな》く新緑の葉にはりついている。

今頃になって、涙が出てきそうだった。


「朔《さく》ちゃーん、このあとなにか予定アリ？」

放課後、再び飯島《いいじま》が声をかけてきた。

昼休みのことが尾を引いている朔矢《さくや》は、ぼんやりしたまま飯島を振り返った。

「特にないけど」

「今、従妹《いとこ》からケータイに電話あってさ、この間のメンツでまた遊ぼうってことになったんだ」

「……オレはパス」

「なんだよ、予定ないんだろ？　ほら、ミカちゃんの件だってさ、もう一回会えば結論でるかもしれないいじゃん？」

「……そっちもパス。断っといて」

「えー？　なんだよ、それ」

独《ひと》りが苦手な朔矢は、遊びの誘《さそ》いを断ることはまずない。淋《さび》しさも虚《むな》しさも、ばか騒ぎをしているその瞬間だけは忘れられる。

けれど今日は、そんな気分にさえなれなかった。

ミカのことにしても、単に二階堂《にかいどう》に対するプライドから答えを保留にしていただけなのだ。

自分のあざとさに、ひどく自己嫌悪を覚える。今はもう、曖昧《あいまい》にしておく理由もなかった。

「待てって、朔ちゃーん」

呼び止める飯島の声を無視して、朔矢は一人で昇降口に向かった。

二階堂はすでに部活に行ってしまったようだった。

何がどうもつれて、二階堂とこんなふうにぎくしゃくしてしまったのか。

告白して、受け入れてもらって、それでめでたしめでたしの筈《はず》だったのに、なぜか逆に不安が増すばかりで、傷つかないように傷つかないようにと予防線を張っているうちに、おかしなことになってしまった。

まるで、火花を散らさないうちに火玉がポトリと落下してしまった、不発の線香花火のようだ。

今となっては、どうして二階堂が自分の告白を受け入れてくれたのかもわからない。

あるいは、受け入れてもらえたと思ったのは勘違《かんちが》いで、二階堂はただ持ち前の面倒見《めんどうみ》のよさで、その場限りの慰《なぐさ》めを与えてくれただけなのかもしれない。

どんどん疑心暗鬼《ぎしんあんき》になって、いったい何を信じればいいのかわからなくなってきてしまう。

ぶらぶらとあてのない時間つぶしをして、鬱々《うつうつ》とした気分のまま夕闇《ゆうやみ》の中をマンションの手前まで来たときだった。

灯《とも》ったばかりの玄関灯の明かりの下に、ぼうっと義兄が立っているのが目に入った。

心臓が冷たくなる。

悪いことばかりが続くようで、朔矢はますます気が重くなった。

「おかえり」

勇一は静かな声で言った。

「……何か用？」

朔矢は警戒心《けいかいしん》をむき出しにして身を硬《かた》くした。

ことの真相を義父がすでに知っていることと、今の捨《す》て鉢《ばち》な気分とが、朔矢を強気にさせた。

元々、生真面目《きまじめ》な勇一が、人目のある往来でおかしな手出しをしてくる筈がないという確信もあった。

紺のブレザーにグレーのスラックスという有名進学校の制服がよく似合う。

学校案内のパンフレットから抜け出して来たような容姿は相変わらずだが、頬《ほお》のあたりが少しやせたように見えた。

メガネの奥の聡明《そうめい》そうな目が弱々しく微笑《ほほえ》んだ。

「ごめん。ちょっと話がしたくて」

「なに？」

その場に立ったまま、朔矢は頑《かたく》なな口調で訊《たず》ねた。

朔矢の方には話したいことなどひとつもなかったし、ましてや部屋にあげるつもりなど毛頭なかった。

マンションは幹線道路に面していて、車や人がひっきりなしに行《い》き交《か》っている。

夕闇のなか、街路樹の欅《けやき》の青葉がトラックに煽《あお》られて揺れるのを、勇一は落ち着かなげに見上げた。ここでは話しにくいというのだろう。

仕方なく朔矢は今来た道を引き返した。

ワンブロック戻ったところに、小さな児童公園がある。往来に近い安心感もあり、しかも夕刻には人気《ひとけ》の少ない場所だった。

「静かだな」

ぽつりと言って、勇一は入り口のベンチに腰をおろした。

朔矢は警戒心を解かないまま、少し離れたところに立っていた。

「この間は全然話ができなくて……」

言葉を探すように、勇一が静かに口を開いた。

「父さんに余計なことを言うなって言われてて」

「……」

「でも、どうしても自分の口からちゃんと謝りたかった」

勇一は膝《ひざ》の上でこぶしをぎゅっと握《にぎ》った。

「ごめん」

「……」

「本当にごめん」

座ったまま、頭をさげる。

「……もういいよ」

朔矢はぼそりと言った。

謝られても勇一にされたことの記憶が消えるわけではない。逆にこんなふうにプライドも何もなげうったように謝られてしまうと、自分の方が狭量《きょうりょう》で冷淡な人間だと責められているようだった。

「ごめん」

「もういいから、やめてよ」

たまらなくなって強い調子で遮《さえぎ》る。

勇一はのろのろと顔をあげた。

「本心から悪かったって思ってくれてるなら、もうオレのところに来ないでよ」

勇一はしばらく放心したように朔矢を見ていたが、やがて力が抜けたようなため息をついて、小さく頷《うなず》いた。

「わかった。……悪かったな。一度ちゃんと謝りたかったんだ」

石のベンチから立ち上がって、勇一は小さく笑った。

「朔矢にとって俺は、顔を見るのもイヤな相手だって、それはちゃんとわかってるつもりだけど」

ほかに表情のつくりようがないというようなその笑みは、泣き顔のようにも見えた。

「俺は朔矢のことが好きだった」

「…………」

「ひどいことして、そんなこと言えた義理じゃないのはわかってる。でも本当に好きだったんだ」

暴行相手からそんな告白をされることは、ぞっとすることだった。

けれど朔矢の胸にわいてきたのは、単純な嫌悪感だけではなかった。

切ないような、痛いような、やりきれない気持ち。

人を好きになるというのがどんな気持ちか、今の朔矢にはとてもよくわかる。

真摯《しんし》な目で自分を好きだったと言ってくれる義兄を、心の底から憎《にく》むことはできなかった。

人通りの途切れた薄闇で、勇一はぼそりと言った。

「大学、京都にしようと思ってるんだ」

「……京都？」

「うん。来年の春には、父さんがなんと言おうと俺が家を出るから。だから朔矢は安心してうちに戻ってこれるよ」

自嘲的《じちょうてき》に笑う。

義兄にもそれなりの苦悩があるのだと、朔矢はあらためて思った。

義父に何事か言われたくらいでその場では謝罪《しゃざい》の一言も口に出せない勇一は、大人びた外見とは裏腹に随分《ずいぶん》情けない男だと思う。

けれど、第三者からはわからない身内同士の軋轢《あつれき》やしがらみが気持ちや思考にどんな作用を及《およ》ぼすか、朔矢自身にも身に覚えのあることでよく理解できた。

何があっても無条件に息子を庇《かば》おうとする義父の愛情に羨望《せんぼう》を覚えもするが、その愛情や束《そく》縛《ばく》は勇一にとっては必ずしもありがたいことではないのかも知れない。

「ひとつだけ頼みがあるんだ」

勇一が力ない視線をよこした。

「今後一人で朔矢のところに来たりは絶対にしないよ。だから最後に一度だけ、抱き締めさせて欲しい」

これまでのいきさつを思えば、ぞっとする申し出だった。

けれど朔矢にはいやだとは言えなかった。

好きな相手から冷淡にあしらわれることがどれくらい身にこたえるか、今の朔矢にはいやというほどよくわかっている。

それでも積極的に受け入れることもできず、無言のまま立ち尽くしてしまう。

その沈黙を肯定《こうてい》ととったのか、勇一の手が肩にのびてきた。

朔矢はじっと身を硬くしていた。

場所柄を考えれば、勇一も度を越した行動をとったりはしない筈だ。そう自分に言い聞かせて、災難《さいなん》が通り過ぎるのを待つようにただじっとしていた。

抱き寄せられると、頭の芯がぞっとなった。

湧《わ》いてくる感情の大半は嫌悪感だったが、あわれみや申《もう》し訳《わけ》なさ、ある種の共感も交錯《こうさく》した。

抱擁《ほうよう》は随分長く感じたが、実際は多分数秒のことだったのだろう。

勇一はゆっくり身体を離し、ため息をついた。

「ありがとう」

返事ができずに、朔矢は身体を硬くしたまま立っていた。

足取り重くきびすを返した義兄の背中を、朔矢はぼんやり目で追った。

勇一が立ち去っていく歩道の際《きわ》に、あたりの闇に溶け込むように人影が立っていた。

そんなところに人がいたとは思わなかったので、なんとはない気まずさを覚えた。

いったん視線をはずしてから、人影の残像が頭のなかで点滅した。

再び振り返って相手を確認して、朔矢の心臓はずきんとはねあがった。

ちょうど部活を終えて帰宅するところだったらしい、制服姿の二階堂だった。

勇一とのやりとりで複雑な感傷に陥《おちい》っていた頭のなかが、瞬間的にリセットされる。

いったいいつから見ていたのか。声の届かない場所から見たら、勇一との無抵抗の抱擁はどんなふうに映《うつ》ったのか。

二階堂は何事もなかったように、足早に歩きだした。

朔矢は慌《あわ》ててその背中を追った。

関心を引きたくてわざと曖昧な素振《そぶ》りをとってみせたミカの件とは裏腹に、今のことで二階堂が何か誤解したとすれば、それはまったく不本意なことだった。

「二階堂」

傍らに追い付いて、朔矢はおもねるように声をかけた。

「ねえ、今のはカンペキに誤解だって」

二階堂は面倒そうに視線だけをよこした。

「誤解？　何の話だ」

落ち着き払った無関心な声。

頭の芯が冷えていく。

自分の思い上がりに、居たたまれないような羞恥心《しゅうちしん》がわいてくる。

誤解で不機嫌《ふきげん》になられたら困るなどという心配は、相手から好意を持たれている確信のある人間がすることだ。

このところの行き違いの数々を考えれば、二階堂の関心が自分の上にないことはよくわかる。

朔矢が誰と何をしようと、二階堂にとってはどうでもいいことなのだ。

朔矢が茫然《ぼうぜん》と立ち尽くしている間にも、二階堂はどんどん先を歩いていってしまう。

世界中から見離されたような心許《こころもと》なさが胸をふさぐ。気持ちも身体もその場にへたりこんでしまいそうになった。

けれど朔矢は、自分のそういう弱くて情けない感情に従うまいと唇をかんだ。

くだらない自己憐憫《れんびん》や自己卑下《ひげ》に逃避している場合ではない。このままではますます行き違ってしまう。

二階堂は美和とつきあっているのだ、そう思うと胸のあたりがしみるように痛んだ。

けれど、たとえそうでも、二階堂とこのまま気まずくなりたくなかった。

普通に話ができるならただのクラスメートのスタンスに戻ってもいい。どんな距離でもいいから、二階堂のそばにいたかった。

勇一だって気持ちの整理をつけて謝罪にきてくれたのだ。謝れば朔矢が許すなどと思った筈がない。それでも腹をくくって、頭を下げにきた。

思い上がりだろうと、誤解だろうと、そのせいでどんなに傷つこうと、色々なわだかまりを今解かなかったら、きっと後悔する。

朔矢は一度大きく深呼吸して歩きだした。

二階堂は、もうすでにマンションのエントランスを入ってしまっていた。

「二階堂！」

走って追い掛け、閉まりかけたエレベーターに身を割り込ませる。

「危ねえな」

二階堂が眉《まゆ》をひそめて、うんざりした様子でドアを押さえた。

そんなそっけない応対であっても、とりあえず自分の存在を認知してくれたことにほっとして、朔矢は一息に喋《しゃべ》りだした。

「勇一さん、謝りにきてくれたんだ。もうオレのとこには来ないからって」

「それでめでたしめでたしの抱擁か」

六階のボタンを押しながら、二階堂が気のない返事をよこした。

「京都の大学を受験して家を出るから、オレには家に戻ってこいって言ってくれて」

「強姦魔《ごうかんま》がそんなに簡単に悔《く》い改《あらた》めるなら、警察はいらねーな」

勇一の謝罪も、朔矢の信用も、全部ばからしいといったそっけない口調だった。

二階堂にとっては、自分のことなど本当にもうどうでもいいのだと悲しい気持ちになりながら、それでも諦《あきら》めきれずに朔矢は二階堂の家の玄関までずるずると追っていった。

無表情に鍵《かぎ》を探りながら、二階堂は淡々と言った。

「人の罪を赦《ゆる》すっていうのは大事なことかもしれないけどな。自分に危害を加えた人間にたやすく気を許す神経は理解できねーな」

冷ややかな口調が、朔矢をますます落ち込ませた。やはり二階堂は自分のことを軽蔑《けいべつ》しているのだと悲しくなる。

その一方で、二階堂の言動にかすかな違和感《いわかん》を覚えてもいた。

もしも二階堂が朔矢の立場だとしたら、その責任感や面倒見《めんどうみ》の良さから考えても、謝罪する相手に対して朔矢以上の寛容《かんよう》さをみせたに違いない。

それなのに朔矢が勇一を赦したことを蔑《さげす》むのは、ひどく理不尽に思えてしまう。

要するに、自分は二階堂からやみくもに反感を買うほど疎《うと》まれているのだろうか。

原因や理由などはこの際問題ではなかった。マイナス思考は朔矢の性分で、ぬかるみに足をとられるように、考えはどんどん悪いほうへと沈《しず》み込《こ》んでいってしまう。

どうすればいいのか途方にくれて、朔矢は自分の爪先《つまさき》にため息を落とした。

ふいと制服の肩口をつかまれた。

顔をあげると、メガネの奥から無表情な目がじっと朔矢を見ていた。

何事かと訝《いぶか》しむ間もなく、玄関の中に引きずり込まれる。

「二階堂……？」

呆然《ぼうぜん》としているうちにシューズボックスに押しつけられた。

棚《たな》の上に飾ってあった博多《はかた》人形が、レースの敷物と一緒に落下するのが視界の端に映った。

重い玄関《げんかん》扉《とびら》が閉まる音が、頭の芯に反響する。

嚙《か》み付《つ》くようなキスで唇をふさがれて、身体がびくんと跳《は》ね上《あ》がった。

「ん………っ」

身動《みじろ》ぐ脚の間に二階堂の脚が割り込んできて、縫《ぬ》い留《と》めるようにして抵抗を封じられてしまう。

クールで理性的な二階堂の豹変《ひょうへん》ぶりがにわかには理解できず、朔矢は驚きと怯懦《きょうだ》で身をもがいた。

それでも舌を甘く吸われているうちに、身体中の力が抜けて膝ががくがくになってきてしまう。

背中からずるずると床に沈み込むと、そのまま上《あ》がり框《がまち》に引きずりあげられ、玄関マットの上で身体中の精気を吸い上げられるような、長い口付けを受けた。

唇を解放されたときには、長い距離を走ったあとのようにひどく息があがっていた。焦点《しょうてん》の合わない視線の先に、こんなときでも冷静な二階堂の顔がある。痺《しび》れて違和感のある唇を、朔矢はゆっくり動かした。

「……新手の嫌がらせ？」

二階堂は乱れた前髪の間から朔矢を睥睨《へいげい》してきた。

「何が悲しくて、俺が嫌がらせでこんな粋狂《すいきょう》なことをしなきゃならないんだ」

「……だって。なんか怒ってるじゃん」

「当たり前だ」

淡々と言って、胡乱《うろん》げな視線を向けてくる。

「……まさか俺が怒ってる理由がわからないわけじゃないだろうな」

朔矢はぼうっと天井《てんじょう》のライトを眺《なが》めながら、回らない頭で思いをめぐらせた。

「オレがしつこく玄関までついてきたか…イテテッ」

力任せに鼻をつままれて、朔矢は裏返しにされたカブトムシのように暴れ回った。

「いい加減にしろ、このアホ」

「だって、じゃあ、なんでだよ」

「おまえには学習能力ってものがないのか」

「え？」

「なんでなんでって、最初のときもそうだったよな」

言われて、初めてキスされたときのことを思い出す。

「アホのひとつ覚えみたいな質問はやめろ。いい加減、腹が立ってくる」

「待ってよ」

二階堂は立ち上がって奥に入っていこうとする。

ただでさえ膝が笑っているところに、博多人形につまずいて、朔矢は派手にフローリングの上を転がった。

「……人の家を破壊《はかい》する気か」

二階堂がうんざり顔で戻ってきた。

やおら朔矢の足首をつかむと、そのままずるずる引きずっていく。

「うわっ、やめろよ、イテッ」

陸揚《りくあ》げされた冷凍マグロのように無造作に引き回されて、頭蓋骨《ずがいこつ》から尾骶骨《びていこつ》までを敷居《しきい》でごりごりしごかれるはめになる。

リビングのラグの上で、二階堂は朔矢の足をぽいと投げ出した。

「何するんだよ、乱暴者」

「少しは目が覚めたか」

「……目なんかとっくに覚めてるよ」

無意識に視線が二階堂の唇にいってしまう。

動転しながら起き直り、乱れた髪を手櫛《てぐし》で直した。

「だけど、なんで怒ってるのかマジでわかんねーよ」

「その前に、市村《いちむら》のこのところの挙動不審《きょどうふしん》の理由を教えてもらおうか」

「……オレ？」

「告白してはみたものの、後悔して撤回《てっかい》したくなったか」

朔矢は驚いて、目をしばたたいた。

「そんな……。なんでそんなこと言うんだよ」

「人のことを妙に避けてるかと思えば、女と付き合う相談を持ちかけてきたり、俺と加藤《かとう》がお似合いだなんだと囃《はや》したり。まったく理解不能なんだよ、このところのおまえの言動は」

「……だって。つきあってるんじゃないのか、加藤と」

二階堂はソファで腕を組み、馬鹿にしたような視線を送ってきた。

「確か俺はおまえとつきあってることになってるんじゃないのか」

単刀直入に問われて、心臓がばくばく言い出す。とっさに返事ができずにいると、二階堂は淡々と続けた。

「その俺が加藤とつきあってるっていう発想は、どこからくるんだ」

「…………」

「つまり、俺のことを二股《ふたまた》をかけるようなイカレた馬鹿野郎だと思ってるわけだ」

「そんなこと……」

「じゃあなんだよ」

「……二階堂と加藤はつきあってるって噂《うわさ》だし」

「おまえは俺を信用することにしたんじゃなかったのか？」

「…………」

「それなのに、噂の方を信じるっていうわけか」

「だって実際、加藤とデートしてたじゃんかよ」

責める口調で言われると防衛本能が働いて、朔矢の方もむきになって反論してしまう。

二階堂はデートという言葉を反芻《はんすう》して鼻で笑った。

「部の備品の買い出しを、デートっていうのか」

「…………」

「副部長と会計っていう役職柄、なにかと一緒に雑用をこなしてるだけだ。どうやったらそんなに疑心暗鬼《ぎしんあんき》になれるのか、理解に苦しむ」

「だって……」

「そんなに俺が信用できないのか」

「そうじゃないけど……」

「けどなんだ？」

頭の中に色々なことが渦巻《うずま》く。なんだと言われても、一言で答えられるものではなかった。

そんな朔矢の戸惑《とまど》いを察したように、二階堂はため息をついた。

「じゃ、この際、気になってることを全部吐《は》き出《だ》してみろ」

「どうせくだらないって言うに決まってる」

「それは俺が判断することだろう」

「………」

「わかった。何も言わないから、とりあえず思いつくことを言ってみろ」

朔矢はしばらく逡巡《しゅんじゅん》して、渦巻きの発端を探り当てた。

「鬼怒川《きぬがわ》に行ったとき、俺が先に帰るって言っても、別に引き止めてくれなかったから、俺のことなんかやっぱりどうでもいいんだなって……」

口に出してみるとあまりに幼稚ないじけぶりで、朔矢は自分が恥ずかしくなった。

案の定、二階堂はメガネの奥の目をすがめた。

「ひきとめるもなにも、用事があったんだろう？」

「………」

「なんだよ、その沈黙は。まさかウソだったんじゃないだろうな」

「………」

「おまえな」

鋭い調子で何か言いかけて、二階堂は言葉を飲み込んだ。

「ああ、わかった。とにかく全部話を聞いた上で、反論させてもらうから。それで？　ほかにもあるのか？」

「……オレが女の子とつきあう相談をもちかけても、なんでそんなこと聞くんだとか言って、全然興味なさそうだったし」

朔矢の言い分に、二階堂は処置なしとでも言いたそうに眉間《みけん》を押さえた。

「……ほかには？」

ぐるぐるする頭の中を探って、朔矢は逡巡しながらいちばん言いにくいことを口に出した。

「……キスとかも一回きりで、あれからぜんぜん構ってくれないから、やっぱりそんな気はないんだなって思ってた」

「今、しただろうが」

平然と言い放たれて、最前の濃厚な口づけを急にリアルに思い起こしてしまう。とたんに顔に血の気がのぼった。

「ほかには？」

ほかにもあった気がするのだが、動転して思い出せなくなった。

そんな朔矢を見て、二階堂は深いため息をついた。

「くだらねーな」

言わないと言ったくせに、やはり二階堂はうんざりした口調でそうコメントした。

「市村」

「……何？」

「おまえは、俺の人生の汚点《おてん》だ」

いきなり身も蓋《ふた》もないことを言う。朔矢は床にめりこみそうになった。

「汚点……」

「……ったくなんだってこんなアホの言動にいちいち振り回されてるんだ、俺は」

ぶつぶつと独《ひと》り言《ごと》のように言って、二階堂はメガネを押し上げた。

レンズ越しの怜悧《れいり》な目が朔矢を睥睨してくる。

「いちいち答えるのも馬鹿らしいがな、まずその旅行の件は、単純に用事があるっていうおまえの言い分を信じて、引き止めなかっただけだ」

「…………」

「次。合コンの女の件。なんでそんなことを聞くんだって言ったのは、興味がなかったんじゃなくて、心底呆《あき》れてたんだよ。つきあってる相手に恋愛相談をもちかける神経が理解できなくてな」

そう言われてみると、返す言葉がなかった。

「で、おまえに手出ししなかったのは、そういう気配を見せるとおまえが怯《おび》えて身構えるからだ」

「え……」

思いもよらないことを言われて、ぽかんとなってしまう。

そんな気配を見せられたことなど一度もないと言いかけて、ふと思い出した。

サクランボを持ってここに来たとき、一瞬キスされるのではないかと思ったことがあった。

あの時は自意識過剰《かじょう》の勘違いだったと思っていたのだが、そうではなかったのだろうか。

「兄貴とのことがトラウマになってるんだと思って、一応気を遣《つか》ってたんだがな。触《さわ》っていいとは知らなかった」

露骨《ろこつ》な台詞《セリフ》に、朔矢はまた赤くなった。

「結局、俺の言動すべてが、市村には疑惑のタネだったというわけだ」

「そんなこと……」

ないとは言えず、朔矢は口籠《くちご》もった。

「おまえの疑心暗鬼な性格はよくわかってるつもりだったけど、まさかそんな基本的なことで揺らいでいたとは思いもよらなかったよ」

なんとなくこのところのすれ違いの原因が浮かび上がってきた。

元々自分に自信がなく、何事も疑ってかかるたちの朔矢は、二階堂のそっけない態度から勝手にその真意を疑っていた。

けれど逆に自分に自信と責任感を持っている二階堂にしてみれば、告白を交わし合った以上、もはや何一つ疑惑の入りこむ余地などないということなのだろう。

「どうやったらそこまで物事を曲解できるのか、理解に苦しむ」

二階堂の台詞に、朔矢はうつむいたまま本音を返した。

「だって。二階堂が俺のことを好きでいてくれるなんて、どうしても信じられなくて」

「ったく」

二階堂はいい加減にしろとでも言いたげなため息をついた。

「いつまでもそんなところに犬みたいにはいつくばってるんじゃねーよ」

呆れたように言われて、朔矢はすごすごとラグの上から立ち上がった。

「こっちに来い」

呼ばれるままソファに近付くと、のびてきた手に引き寄せられた。

くるりと身体を入れ替えられ、ソファの上に組み敷かれる形になる。

色っぽさよりも、柔道の模範演技のようなストイックさを感じさせる仕草だった。

「いちばん最初の市村の質問」

「え？」

「なんで俺が怒ってるのかって」

「……ああ」

「柄《がら》にもなく、理性を失った」

真上から見下ろしてくる目に、珍しく自嘲的《じちょうてき》な光が宿っていた。

「市村がほかのヤツとベタベタしてると腹が立つ。ましてやあの兄貴なんかに、簡単に触らせるな」

朔矢はびっくりして、組み敷かれたまま目をしばたたいた。

揺らいでいるのはいつも自分ばかりだと思っていたのに。

二階堂が自分のことで嫉妬《しっと》してくれたりするなど、思いもよらなかった。

新鮮な感動で、目の前の霧がぱっと晴れていく。

「まだ何か言い足りないことがあるのか」

怒ったように言う二階堂に、朔矢は黙ってかぶりを振った。

二階堂の顔が、ゆっくりと近付いてきた。

数分後には、嫉妬よりももっと思いがけない面を二階堂に見せられていた。

はぎとられたカッターシャツが、静かな音をたてて床に滑《すべ》り落《お》ちる。

「ちょ……二階堂……」

まさかこんな場所で、二階堂がキス以上のことを仕掛けてくるなど、思いもよらなかった。

「ねえ、家の人が帰ってきたらヤバいって」

キスで濡《ぬ》れそぼった唇が形ばかりの抗議をうったえるものの、朔矢の身体は二階堂の手にすっかり従順になってしまっている。

「まあ、そのときはそのときだ」

「そんな……」

「冗談だよ。八時までは誰も帰ってこないから安心してろ」

首筋に唇が触れて、朔矢はびくりと身を竦《すく》ませた。

「別に捕って食いやしねーよ。ちょっとしたスキンシップだ」

硬い指先で、魔術師のように朔矢の身体の線を探っていく。

耳の下から顎《あご》のライン、胸の上から脇腹へ。あやすようにゆっくりと指先が上下する。

「ん……」

性的な興奮と、癒《いや》されるような心地好さが綯《な》い交《ま》ぜになって、朔矢はまたたびをかがされた猫のように、ソファの狭《せま》い空間で身を捩《よじ》った。

「気持ちいいの？」

直截《ちょくせつ》な質問に、返事ができない。

こんなふうにされることを気持ちがいいと言ったら、軽蔑《けいべつ》されるのではないだろうか。

そんな怯えが伝わったのか、二階堂が苦笑いを浮かべた。

「余計なことをぐだぐだ考えるなよ、もっとシンプルでいいんだぜ」

指先が動きを止める。

「いやならやめるけど」

「……いやじゃない」

「気持ちいいか？」

「……うん」

小さな声で答えると、再び指が動きだした。

「市村が気持ちいいと、俺も気持ちいい」

そんな台詞とともに臍《へそ》の下を円を描くように撫《な》でられる。膝の裏側がぞくぞくして、甘いうねりがこみあげてくる。

「……二階堂」

「なに？」

「……なんか…結構、場数踏んでる？」

ぎゅっとこぶしを握ってぞくぞくする感覚をやり過ごしながら言うと、二階堂は一瞬動きをとめ、目をすがめた。

「チーマーじゃあるまいし、健全な十七歳がそうそう場数なんか踏んでるわけないだろう」

「……二階堂ならありえるかと思って」

「おまえな、いったい俺をなんだと思ってるんだ」

「……だって、すげー手慣れてるし……」

「慣れより本能とセンスの問題だろう、こんなことは」

傲然《ごうぜん》と言い放つ。

「……そうなのか」

「まあ、それとプラスα《アルファ》」

「……プラスαって何？」

「なんだと思う」

考えている隙に、二階堂の指先がさっきよりもっと下におりていった。

「あ……」

形を確かめるように触《さわ》られて、思わず声が上擦《うわず》ってしまう。朔矢は手の甲に唇を押しつけた。

二階堂は朔矢を拘束《こうそく》すまいと気遣うように、身体を浮かせた。

「いやならいつでもやめる。気持ちがいいことだけしてやるよ」

朔矢は顔に血の気をのぼらせながら、ぎゅっと目をつぶってかぶりを振った。

「…二階堂に触られると、どこもかしこも気持ちいい」

擦《かす》れる小さな声で伝えると、二階堂が吐息《といき》のように笑う気配がした。

「俺も市村のことをこうやって触ってると気持ちがいい」

「……マジ？」

「ああ。それがプラスαの正体だ。どうしてだかわかるか？」

前にも同じようなことを訊ねられたことがあった。初めてキスをした、あの時。

「人の言動を悪い方向にばかり勘繰《かんぐ》るんじゃなくて、いい方向に推測する練習をしろよ」

「ん……っ」

うごめく指と囁《ささや》かれる言葉に後押しされて、朔矢は理性を手放しそうになりながら口を開いた。

「オレが二階堂のことをスキなのと同じように、二階堂もオレのことスキでいてくれてるから」

「当たり前だ」

「あ……」

正解をねぎらうように、あるいはひやかすように、二階堂の指先が制服の内側に侵入《しんにゅう》してきた。

「ちょっ……」

上半身を起こしかけたところを親指の微妙《びみょう》な動きで乱されて、朔矢は再びソファに背中を落とした。

「……っ」

決して強引ではなく、けれど自信に満ちた愛撫《あいぶ》をほどこされて、朔矢は背筋を反り返らせた。

「ったく。つまんないことで人の真意を疑いやがって」

二階堂の吐息《といき》が、思いもよらないところにかかる。

「好きでもない相手のこんなところに」

「あっ……や………」

「こんなことができるほど、俺はイカレた男じゃない」

「……っ」

無意識に宙を掻《か》いた手が、二階堂の掌《てのひら》に握《にぎ》り込《こ》まれる。

あたたかいものが通い合うのがわかる。

好きな相手とのスキンシップは、単に性的な欲求を満たすためだけの行為ではなかった。

普段は決して人目に触れない場所を見せたり、触れあったりすることは、相手にすべてをさらけだすことであり、相手のすべてを受け入れることでもある。

好きという言葉を何百回もらうよりも、自分に触れたがってくれているという事実をひとつ目《ま》のあたりにする方が、ずっとすんなりと信じられる。

言葉では埋《う》められない不安が、触れ合うことで溶解していく感覚を、朔矢は生まれて初めて体験した。


「いっちむらさん」

マンションの薄暗がりで、浩二《こうじ》が声をかけてきた。

「よう。今帰り？　随分《ずいぶん》遅いんだな」

「塾だったんすよー。市村《いちむら》さんはいつも遅いよね。夜中になんないと電気つかないし。デート？」

「残念ながら、今日は物理の補習。中間で赤点とっちゃってさ」

「そうかー、高校に行くと赤点とかあるのか。コーコーセーってタイヘンだね」

「きみんちの兄貴みたいに、全然大変じゃないヤツもいるけどね」

「兄ちゃんは特別だから。あ、ねえねえ市村さん、今晩うちでメシ食っていかない？」

「え？」

「今日、うちパエリアだって言ってたから。うちのかーちゃん、ごはんもの系得意なんだよ。いつもすげーたくさん作っちゃうの」

「でも、そんなにたびたびお邪魔したら悪いよ」

「たびたびって、市村さんちっとも来てくれないじゃん」

言われて自分の失言にどきりとなる。

昨日の留守中にあがりこんで二階堂《にかいどう》と濃厚なスキンシップをはかったことなど、浩二が知るはずのないことなのだ。

二階堂とは今日学校でも顔を合わせたのだが、なんだか気恥ずかしくて、まともに話ができなかった。

とはいえ、それは以前のぎくしゃくした感じとはまったく異質のものだった。朔矢《さくや》の内を占めていた不安感は、ほぼ完全に払拭《ふっしょく》されていた。

「パエリアのときに決まって一緒に作るスープがあって、すっごいおいしいんだよ。なんていったかなぁ……。あのね、生野菜と食パンをミキサーに入れて、がーってやるの。冷たくして食べるとすっげうまいんだよ」

食べ盛りの少年の楽しげな話を聞きながら、朔矢は少し緊張《きんちょう》して二階堂家についていった。

「たっだいまー」

元気な浩二の声に、家の中からは何の反応も返ってこない。

「あれ？　なんだよ、何にもできてないじゃん」

浩二がダイニングからキッチンまで見回っているところに、奥から二階堂が出てきた。

「あ、兄ちゃん。母さんは？」

「良子叔母《よしこおば》さんが産気《さんけ》づいたとかで、親父と一緒に出掛けてる」

「えー。せっかく市村さんを夕飯に誘《さそ》ったのに。なんかすみません」

浩二が申《もう》し訳《わけ》なさそうに肩を竦《すく》めるので、朔矢は慌《あわ》てて顔の前で手を振った。

「とんでもない。また今度ご馳走《ちそう》になるから」

玄関の方にあとずさろうとすると、二階堂が淡々と声をかけてきた。

「おまえの目当てはメシだけなのか」

「え…いや」

「だったらゆっくりしていけばいいだろう」

口調はぶっきらぼうだが、趣旨《しゅし》は引き止めてくれているのだとわかって、朔矢はひそかに嬉《うれ》しくなる。

「そうだよ、市村さん。メシは兄ちゃんが作ってくれるし」

「なんだと？」

「だってオレはなーんにもできないもん。市村さんは？」

「全然」

「ほら。したら兄ちゃんしか作る人いないじゃん」

「……ったく」

二階堂は呆《あき》れたようなため息をついた。それでもどうやらやる気になったらしい。

面倒《めんどう》そうにシャツの袖口《そでぐち》のボタンを外しながら冷蔵庫の扉《とびら》を開け、中身を物色し始めた。

「焼きそばか親子丼ってとこだな」

「やきそばー！」

浩二が嬉しげに万歳した。

「じゃ、ホットプレートを出せ」

「へーい」

二階堂は器用な手つきでキャベツの葉をはがし、刻み始めた。

手持ち無沙汰《ぶさた》と物珍しさとで、キッチンカウンター越しに眺《なが》めていると、二階堂が顔をあげた。

「見てないで手伝えよ」

「うん。何すればいい？」

「これの根をとっておけ」

放り投げられたもやしの袋に、朔矢は目をしばたたいた。

「やきそばにもやし入れるの？」

「普通入れるだろう」

「知らなかった。しかもこの根、いちいちとるのかよ」

「その方が口当たりがいい」

「……なんでそんなことまで詳《くわ》しいんだ」

オールマイティーぶりに驚いていると、浩二が二階堂の手元を覗《のぞ》き込《こ》んできた。

「兄ちゃん、肉入れようよ、肉」

「ねーよ、そんなもの」

「ウソ。ほら、ちゃんとあるじゃん」

冷蔵庫から豚肉のパックを取り出して、得意げに持ってくる。

二階堂が眉《まゆ》をひそめた。

「いらねーよ。焼きそばに肉を入れるなんて邪道だ」

「そうかな。普通入ってる気がするけど」

ごく単純な気持ちで朔矢がコメントすると、二階堂の鋭《するど》い一瞥《いちべつ》が飛んできた。

浩二が吹き出した。

「あのね市村さん、兄ちゃん豚肉が食えないんだよ」

「え、マジ？」

「意外に好き嫌いが激しいんだ。三つ葉とか生姜《しょうが》とか柚子《ゆず》とか匂《にお》いの強いものもダメだし、わさびとからしもダメだし」

「子供みたいだな」

朔矢も笑ってしまった。

なんでも完璧《かんぺき》にこなす二階堂にも弱点はあるのだと、なんだか微笑《ほほえ》ましい気分になってしまう。

「そんなもの、別に食えないからって栄養上なんの問題もないものばっかりだろうが」

「けど、豚肉が食えないってのは致命的じゃん」

「だったらおまえも牡蠣《かき》と海鞘《ほや》を食ってみろ」

「ゲーッ、死んでもヤだよ。大体、魚介類《ぎょかいるい》で海のミルクとか磯《いそ》のパイナップルとか、そういうたとえ方をする食いものって、それだけでもう気味悪くて食う気をなくすよな」

兄弟のなんでもない会話を聞いていると、楽しくて気持ちが和《なご》んでくる。

ホットプレートで野菜を炒《いた》め始《はじ》めると、部屋の中に食欲をそそる音と匂《にお》いが広がっていく。

一人暮らしの朔矢にとっては、鍋《なべ》やホットプレートの類《たぐい》は普段は縁のないものだ。

「なんか楽しいね、こういうの」

「だったらもっと楽しめ」

二階堂が炒めるのに使っていたへらを放ってよこした。

「え、ちょっと待ってよ。やり方がわかんないし」

「炒めるくらいできるだろう」

ぞんざいに言って、焼きそばを投入してくる。

「こんな感じでいいの？」

「ああ。外にこぼすなよ」

「ソース入れていい？」

「バカ。まだ生だろうが。先に水を入れるんだよ」

「水？」

「蒸し焼きにするんだ」

グラスの水を半分ほど麺《めん》にかける。

「麺の上に野菜をのせて」

「こう？」

「そのまましばらく蒸らしておく」

「すげー。なんでそんなテクニックを知ってるんだよ」

「常識だ、アホ」

「市村さん、どっちがいい？」

浩二が冷蔵庫の前で、麦茶とオレンジジュースのペットボトルをかざしてみせた。

「麦茶」

「了解」

グラス三つと麦茶を無造作に持って、冷蔵庫を足でしめながら、浩二はふと思いついたように言った。

「あのさ、兄ちゃん、オレのクラスの吉野茜《よしのあかね》って知ってる？」

「俺がおまえのクラスメイトの名前なんか知るわけないだろう」

「この前うちに遊びにきたじゃん。三人いた中でいちばん背の高いヤツ」

「覚えてないな。それがどうした」

「なんか兄ちゃんのことめちゃめちゃ気に入っちゃってさ。オレに色々聞いてくるんだ。カノジョいるのかとか。今度また連れてくるから、直接話してやってくんない？」

「なんで俺が女子中学生のお相手をしなきゃならないんだ」

「いいじゃん、ちょっとくらい。中学生っていってもすげー大人っぽいし、オレのクラスじゃ一番人気があるんだぜ。ちょっと喋《しゃべ》ってやってくれたら、すげー喜ぶし」

「ホストじゃあるまいし、そんなことで人を喜ばせる趣味はない」

「そんなこと言ってるけど、ちゃんと会えば兄ちゃんだってよろっとくるって」

「浩二くん、もしかしてその子のこと好きなの？」

朔矢がさり気なく口をはさむと、浩二は急にむせ返った。

「別にそんなんじゃないっすよ。あ、やっぱオレ肉が食いたい。空《あ》いてるスペースで焼いてもいい？」

言いながら、再び冷蔵庫の方に戻っていく。

「……今のは牽制《けんせい》か？」

二階堂が、無表情な一瞥をよこした。

別にそんなつもりはないと、これまでの朔矢だったら否定したところだ。相手をしてあげればそ案外ホントによろっとくるかもよ？

けれど朔矢は無用の予防線を張らずに、素直に頷《うなず》いた。

「マジでよろっとこられたら困る」

「くるわけないだろう、アホ」

呆《あき》れたように言って、二階堂は小さく笑った。

「少しは学習したようだな」

朔矢もちょっと笑い返した。

気持ちを素直に表すのは、案外と度胸のいることだ。

物わかりのいいふりをして、傷つかないための予防線を張《は》り巡《めぐ》らしておく方が、精神的には楽なこともある。

けれど、わざと否定的な態度を取って、その裏では相手にそれをさらに否定して欲しいと願う自分の臆病《おくびょう》な保身は、卑怯《ひきょう》なことだと思う。

「肉焼くよー」

賑《にぎ》わしい足音を立てて、浩二が戻ってきた。

「市村さんの分も焼いちゃうけど?」

「うん、ありがとう」

「あ、バカ。焼きそばにくっつけるなよ」

「いいじゃん、ちょっとくらい」

「冗談じゃない。市村、もうソース入れていいぞ」

「OK」

じゅっと香ばしい匂いが立《た》ち上《のぼ》る。

あたたかい空間。あたたかい時間。

生活感にあふれたこの幸せな部屋を覗《のぞ》くと、自分の部屋に帰るのが虚《むな》しくていやになると思ったこともあった。

けれど、今はそんな疎外感《そがいかん》も感じなかった。

人の幸・不幸は、置かれた境遇《きょうぐう》そのものよりも、考え方の問題なのだと、朔矢は悟りのように思った。

何に焦点《しょうてん》を合わせるかで、気分は随分変わってくる。

後先を憂《うれ》えるのではなく、今この一瞬を自分の居場所だと信じればいいのだ。

実際の場所がどこであろうと、共有している楽しいひとときは、朔矢自身のものなのだから。

あとがき

月村　奎

こんにちは。皆様お元気でお過ごしですか？

はじめましての方も、お久しぶりですの方も、お手にとってくださってどうもありがとうございます。

新書館様では初めての本になるので、とても緊張《きんちょう》しています。ほんの少しでもお気に召す部分があると嬉《うれ》しいのですが。

ご縁あってDear+誌に掲載していただいた表題作ですが、実はこれを書いたのは二年以上前のことでした。日の目をみることはもとより、続篇を書く機会をいただくことがあろうとは思いもよらなかったので、嬉しい戸惑《とまど》いに慌《あわ》てふためき、必死で二年前の記憶を呼び覚ましました。ちゃんと呼び覚ませたかどうか、少々心許《こころもと》ない部分もありますが……。

「anchor《アンカー》」を書いている間に少々身辺に変化がありまして、引っ越しをしました。学生時代を除いてずっと三世代同居の家庭で暮らしてきた私、実は心密《ひそ》かに一人暮らしの友人や旦《だん》那《な》様と二人で気ままに暮らす人たちを羨《うらや》ましく思っていました。誰に気兼ねすることもなく、好きな時間に好きなことができる自由な生活っていいなぁ、と。

しかし慣れない新しい生活は、自由を満喫《まんきつ》するどころか失敗と苦悩の連続(少々大げさ気味)なのでありました。

水やガスや電気は無料でわきだしてくるものではないのだと知って愕然《がくぜん》とし(ばかものっ)、新聞や宗教の勧誘にうろたえ、NHKや町内会費の集金に怯《おび》え、燃えるゴミの日に朝寝坊してパジャマのまま表に駆け出し……といった日々。

両親の家にいたときにも、家の中のことは結構手伝う方だと自負していたのですが、手伝うのと自分一人で責任を持ってこなすのとでは、まったくぜんぜん違うのですね。

新米ハウスキーパーにとって、いちばんの悩みのたねはなんといってもお料理です。仕事帰り、薄暗い夜道を自転車で走りながら夕ご飯のメニューを考えていると、だんだん気が重くなってきます。

先日、スーパーで買物を済ませたのち、今日こそ唐揚《からあ》げが上手にできますようにと神様にお祈りしながら心ここにあらずで走っていたら、脇道から出てきた車と衝突《しょうとつ》して、自転車ごと道路にでんぐり返ってしまいました。恐くて恥ずかしい体験でした……。幸い膝《ひざ》を少々打った程度で済んだのですが、よろよろしながら家に帰りついてみたら、日中の強風のせいで物干《ものほ》し竿《ざお》が台ごと転倒という惨状《さんじょう》。泥《どろ》と落葉《おちば》の中から洗濯物を掘り出しながら、この世の終わりのような悲しい気持ちになりました。更に、気を静めようと数週間ぶりにワープロの電源を入れたら、液晶が壊れていて不吉な青い光が瞬《また》くばかり。踏んだり蹴ったりというのはこういうことを言うのでしょうか。

ワープロに向かう時間もなかなか見付けられずに過ごしていると、やはり私のような能無しに三足のわらじは無理なのかなぁという気がしてきてしまいます。そんなとき、つくづく世のお母さんたちはすごいなと思います。家事をして子育てをしてその上お仕事をしている方もたくさんおられるはず。この本を読んでくださった方の中にも、そんな元気なお母さんがいらっしゃるのでしょうか。ぜひともぱりりと生きていくコツなど伝授していただきたいです。

ついでに（お母さんに限りませんが）皆様お得意の簡単でおいしいお料理のレシピなども教えていただけると嬉しいなぁ。教えていただいたものは軒並《のきな》み試してみますので。ひとつよろしくお願いします。

まあ、そんなこんなで落ち込むことも多い日々なのですが、新しい生活にはやはり新鮮で楽しいこともあります。

新居は山際の静かな住宅街にあり、北側の窓からは冬でも青々とした樹木に赤いからすうりがからみついている絵のような景色が見えてとても気に入っています。

空が広いので、星がきれいに見えるのも嬉しいところ。夜空をよぎる飛行機の赤いランプの点滅や大きな流れ星を見つけると、胸がうずうずしてきます。

隣のお屋敷にはとても可愛《かわい》い猫がいて、首輪の鈴を鳴らしながら毎日欠かさず遊びにきてくれます。アメリカンショートヘアだと思うのですが、グレーに黒のくっきりとした縞《しま》が浮いた宝石みたいにきれいな猫。とても人懐《ひとなつ》こくすりすりしてきて、玄関を開けると我がもの顔であがりこんできます。買ったばかりのカメラで、もっぱら人の家の猫の撮影《さつえい》にいそしむ私……。

少々悪趣味ですが、ご近所の人々の動向を観察するのも興味をそそられることです。いつ通りかかっても愛車のスカイラインを磨《みが》いているあのお兄さん、お仕事はしているのかしら。毎日大量の洗濯物が干してあるにもかかわらず、一日中雨戸が締め切りで人気のない裏のお宅、いったいどんな人が住んでいるのかしら。夜になるとステレオの重低音を響かせて若者が集まってくる隣家、真っ暗な家の中でいったい何をしているのかしら(この二軒は本当に怪しげ…)。おととい激しい口喧嘩《くちげんか》をしていたお向かいの若いカップルは無事仲直りしたのかしら。

人それぞれに色々な人生があり、生活があるんだなぁと、興味深く考えたりします。

最後になってしまいましたが、お世話になった皆様に感謝を。

初めて面倒をみていただいたDear+編集部の皆様、とりわけ担当の斎藤さんにはとてもお世話になりました。斎藤さんの明るくてやさしい声を聞いていると、とても元気がでてきます。己《おのれ》の腑甲斐《ふがい》なさのため、その元気が実質に反映できず大変心苦しいのですが……。いつもごめんなさい。そしてありがとうございます。

マンガの大ファンだった佐久間さんにイラストを描いていただけたこと、思いがけない幸運でとても嬉しかったです。お忙しい中、素敵なイラストを本当にありがとうございました。

そして、この本を手にとってくださった皆様に心からお礼申し上げます。私のような素人《しろうと》物書きの小説を本にしていただけること、そして手にとってくださる方がいらっしゃるということは、本当に夢のようです。

もし気が向かれましたら、ご感想など教えてください。ハガキやコピーになってしまうこともありますが、いただいたお便りには極力お返事をさせていただくことにしております。

先に書きましたお料理レシピも真剣に募集中です。よろしくお願いいたします。

なんと！　ふと顔をあげたら窓の外はいつの間にやら雪が降っています。びっくり。この冬初めて見る雪です。

今、一瞬わくわくしてしまった自分に、ちょっとほっとしました。

いつでも、いつまでも、そんなことでわくわくできるといいな。

それでは。またどこかでお目にかかれますように。

二〇〇〇年　一月　十二日

月村奎

ビリーブ・イン・ユー

believe in you

この本を読んでのご意見、ご感想などをお寄せください。
月村 奎先生・佐久間智代先生へのはげましのおたよりもお待ちしております。
〒113-0024 東京都文京区西片2-19-18 新書館
[編集部へのご意見・ご感想] ディアプラス編集部「believe in you」係
[先生方へのおたより] ディアプラス編集部気付 ○○先生

初出一覧
believe in you：DEAR+ 99年11月号
anchor：書き下ろし

新書館ディアプラス文庫

著者：**月村 奎** [つきむら・けい]
初版発行：**2000年2月25日**

発行所：**株式会社新書館**
[編集] 〒113-0024 東京都文京区西片2-19-18 電話(03)3811-2631
[営業] 〒174-0043 東京都板橋区坂下1-22-14 電話(03)5970-3840
印刷・製本：**図書印刷株式会社**

定価はカバーに表示してあります。乱丁・落丁本はお取替えいたします。
ISBN4-403-52018-9

DEAR+ CHALLENGE SCHOOL

＜ディアプラス小説大賞＞

募集中！

◆賞と賞金◆

大賞◆30万円

佳作◆10万円

◆内容◆

BOY'S LOVEをテーマとした、ストーリー中心のエンターテインメント小説。ただし、商業誌未発表の作品に限ります。

◇批評文はお送りいたしません。

◇応募封筒の裏に、**【タイトル、ページ数、ペンネーム、住所、氏名、年令、性別、電話番号、作品のテーマ、投稿歴、好きな作家、学校名または勤務先】**を明記した紙を貼って送ってください。

◆ページ数◆

400字詰め原稿用紙100枚以内（鉛筆書きは不可）。ワープロ原稿の場合は一枚20字×20行のタテ書きでお願いします。原稿にはノンブル（通し番号）をふり、右上をひもなどでとじてください。

なお原稿には作品のあらすじを400字以内で必ず添付してください。

小説の応募作品は返却いたしません。必要な方はコピーをとってください。

◆しめきり◆

年2回　**3月31日/9月30日**（必着）

◆発表◆

3月31日締切分…ディアプラス9月号（8月6日発売）誌上

9月30日締切分…ディアプラス3月号（2月6日発売）誌上

◆あて先◆

〒113-0024　東京都文京区西片2-19-18

株式会社　新書館

ディアプラスチャレンジスクール＜小説部門＞係